불가리아 출신

율리안 모데스트의 에스페란토 원작 소설

꿈의 사냥꾼

Titolo Ĉasisto de sonĝoj
Aŭtoro Julian Modest
Provlegis Johan Derks
Eldonjaro 2019
Eldonejo Eldonejo Libera
ISBN 978-0-244-22384-7

JULIAN MODEST
ĈASISTO DE SONĜOJ
Novelaro,
originale verkita en Esperanto
2019

불가리아 출신
율리안 모데스트의 에스페란토 원작 소설

꿈의 사냥꾼

율리안 모데스트 지음
오태영 옮김

진달래 출판사

목차

서문(序文)

개인적으로 발행인(發行人)으로서 우리 출판사(出版社)에서 출판하는 책들을 가장 처음으로 읽을 수 있다는 것이 큰 즐거움입니다. 능력 있고 유명한 작가가 새로운 원고를 보내주는 경우는 더욱 그렇습니다. 이미 수년간 작가로 활동한 내 친구 율리안 모데스트가 보낸 첫 번째 책인 '황금의 포세이돈'을 이제 막 시작하는 에스페란토사용자로서 읽고, 언어지식을 발전시키고 단어 공급을 확장해 주는 데 도움을 받았습니다. 게다가 에스페란토 문학을 알게 되었습니다. 그때 이후로 '모나토' 잡지(雜誌)에서 새 소설을 보거나, 어느 책 서비스에서 새 책을 볼 때마다 늘 기뻤습니다.
출판사 '리베라'에서 이미 3권의 추리 소설이 나왔고, 이 단편소설 집은 우리 공동작업의 네 번째 열매입니다. 이 책의 이야기들은 매우 마음에 듭니다. 다양성, 물 흐르듯 아름다운 언어, 좋은 마무리가 있는 익숙한 동화와 대조적으로 놀랍고 상투적이지 않고 올바르지만, 가끔 매우 현실주의적인 원작 내용 때문입니다. 원고 절반을 읽은 뒤에 율리안에게 자연스럽게 위와 같은 말을 써서 보냈고, 유감스럽지만 직접 출판하는 책에 서평(書評)을 쓸 수 없다고 덧붙이면서 그 책은 분명히 다른 서평단들에도 마음에 들 거라고 자신(自身)을 위로했습니다.

곧바로 율리안에게서 그 대신 서문을 써 달라는 제안을 담은 편지가 왔습니다.
그래서 기꺼이 주저하지 않고 그 제안을 받아들였습니다. 지금 여러분 손에는 율리안 모데스트의 가장 새로운 단편소설 집이 있습니다.
독자(讀者)인 여러분이 책을 읽으면서 발행인인 저처럼 그렇게 많이 즐기기를 온 맘으로 바랍니다.

로데 반 데 벨데

이야기란 무엇인가?

아이들은 왜 동화를 좋아할까요? 왜 우리는 우리 모든 삶의 역사, 경험, 순간들을 말하고 싶어 할까요? 이야기는 가장 오래된 문학 형식입니다.

사람들은 이야기를 이용해 자기 인생을 정리합니다. 이야기는, 생각과 감정의 빛으로 불을 밝힌 우리 경험 중의 부분들입니다. 우리는 이야기하기를 좋아하고, 보통사람들과 그렇지 않은 사람들에 관해 이야기를 듣거나 읽기를 좋아합니다.

진짜 이야기 속에는 작은 주연들이 나옵니다.

그러나 그들의 경험은 평범하지 않습니다.

우리가 이야기할 때, 말, 생각, 감정, 주연들의 특징을 활용합니다.

이야기 속에서 그림이나 행동의 장소들이 간략하게 그려집니다. 단지 몇 마디 말로 우리의 생각, 우리의 상상을 불러일으키는 그림을 넌지시 알려줍니다. 이야기 속에는 긴 대화가 없습니다.

주연은 정확하게 그의 생각과 관점을 표현합니다.

그러나, 정확한 문장을 사용하여 자신의 특징을 나타냅니다. 이야기 작가는 주연의 특징을 자세하게 설명하지 않습니다. 작가는 주연의 성격에 대해 단지 몇 가지 특징을 표현하고 독자는 잘 알아차립니다. 똑같이, 우리가 모르는 사람을 만났을 때, 하는 말과 행동거지와 시선에 따라 어떤 사람인지 짐작할 수 있습니다. 이 행동거지와 세밀한

표정을 알려주고, 주연의 성격을 표현하는 몇 마디 문장을 언급합니다. 이야기에서 작가는 주연의 모든 삶을 이야기하지 않습니다.
그러나 이야기에서는 인생에 영향을 끼친 중요한 순간만을 강조합니다. 이야기에서 풍경은 분위기 뿐만 아니라 주연의 성격이나 행동의 배경입니다.
풍경은 경험이나 주연의 마음 상태에 대해 대조되거나 함께 할 수 있습니다.
이야기에서 가장 중요한 단어는 '그러나'입니다.
'그러나'라는 단어가 독자들에게 주연의 주요한 목적을 가르쳐 줍니다.
종종 어떤 이야기들은 끝이 없는 것처럼 보입니다. 그것은 우연이 아닙니다. 작가는 독자들 스스로 이야기 끝을 상상하게 시킵니다.
그들은 공동 작가입니다. 그들은 내용에 대해서 같이 생각하고 같이 추측하게 만듭니다.
그리고 이야기가 끝난 뒤에 무슨 일이 일어날 것인지 스스로 결정하게 해 줍니다.
해가 지나고 수백 년이 흐릅니다.
그러나 사람들은 항상 이야기하기를, 이야기를 듣거나 쓰기를 좋아할 것입니다.
이야기의 세계는 매력적이고 환상적입니다.
이야기 덕택에 삶은 더 재미있고, 더 놀랄만하고, 더 아름다워집니다.

충성심

공원은 부드러운 눈 이불 아래에서 자고 있다.
오솔길은 사람이 없이 조용하다.
나뭇가지는 눈으로 하얗게 되었다.
가지 위의 작은 얼음 수정들은 아침 햇살을 반사하고 있다.
누군가 눈 밟고 가는 발소리가 눈 덮인 길 위에서 들린다.
네다 아주머니와 애완견 라드는 산책했다.
아직도 자는 공원에서 서로 천천히 걸어갔다.
아침마다 같은 시간에 아주머니와 라드는 공원을 다니며 같이 중앙공원 문에서 가장 먼 오솔길까지 걸어간다.
때때로 라드는 네다 아주머니를 떠나 앞쪽으로 뒤쪽으로 뛰어가서 길 위에서 무언가를 살펴보다가 다시 돌아와 조용하게 같이 가기를 계속한다.
네다 아주머니는 65살이고, 나뭇가지 위에 내린 눈과 같은 은색의 머리카락, 투명한 파란 눈을 가지고 있고 친절한 작은 웃음을 띠고 있다.
오늘 아침에 네다 아주머니와 라드는 다시 공원에서 산책했다.
집으로 돌아가기 위해 공원 문으로 가려고 할 때, 네다 아주머니는 마치 누가 칼로 찌르는 듯 가슴에 심한 통증을 느꼈다.
네다 아주머니는 흔들렸지만 넘어지지 않고 근처

눈이 쌓이지 않은 의자 위에 앉았다.
라드는 아주머니에게 뭔가 안 좋은 일이 생겼다고 눈치채고 시끄럽게 짖기 시작했다.
공원 입구에는 공원 경비원 초소가 있다.
네다 아주머니가 기절하는 것을 창을 통해서 보고 초소에서 뛰어나와, 앉아있는 의자로 가까이 가서 아주머니에게 물었다.
"아주머니, 어디 아프세요?"
"예" 네다 아주머니가 대답했다.
"가슴이 아주 아파요."
"곧 응급차를 부를게요." 경비원이 말하며 주머니에서 휴대용 전화를 꺼내 전화를 걸었다.
네다 아주머니는 힘겹게 숨을 쉬면서 의자 위에 앉아있다.
고통이 계속됐다. 잠깐 조금 약해졌다가, 곧 다시 세게 가슴을 찔렀다.
라드는 움직이지 않고 서 있다.
마치 무슨 일이 일어났는지, 창백한 얼굴로 왜 경련을 일으켰는지 묻기를 원하듯이 아주머니를 쳐다보았다.
응급차가 왔다.
의사가 네다 아주머니에게 가까이 가서 얼굴을 쳐다보고, 무슨 일인지 곧 알아차렸다.
차에 태우고, 사이렌 소리를 내며 출발했다.
라드는 네다 아주머니가 앉아있던 의자에 움직이지 않고 남았다.

공원 경비원이 초소로 들어가서 아침 신문을 펼쳐 보기 시작했다.
20분 뒤에 창을 통해서 라드가 아직 의자 옆에 서 있는 것을 보고 “이상하네. 개가 아직도 거기 있네” 하고 말했다.
다음 날 아침 경비원이 공원에 왔을 때 다시 의자 옆에 서 있는 라드를 보았다.
개는 어제처럼 거기 있고 분명히 어젯밤 내내 의자 옆에 있었을 것이다.
시간이 지나갔다.
공원에 사람들이 산책하러 왔다.
그러나 라드는 의자 옆에 계속 있었다.
‘여기서 배고파서 개가 죽겠네’ 경비원이 혼자 말하며, 내가 집으로 데려가서 먹을 것을 줘야겠다.
경비 당직 근무가 끝나자 라드에게 가까이 가서 고삐를 잡고 집으로 데리고 갔다. 경비원은 공원 근처에 살았다.
집 마당에 있는 나무에 라드를 묶고 물과 먹을 것을 주었다.
“오늘부터 너는 나의 손님이다.” 경비원이 라드에게 말했다.
“집주인 아주머니가 병원에서 돌아왔을 때 다시 갈 수 있을 거야.”
다음 날 아침 라드가 마당에 없어서 경비원은 매우 놀랐다.
“분명 이곳이 마음에 안 들었던 모양인데” 경비원

은 말하고 공원으로 갔다.
더 놀라운 것은 네다 아주머니가 앉아있던 의자 옆에 서 있는 라드를 보았을 때다.
“나보다 먼저 왔네.” 경비원이 놀랐다.
라드는 경비원에게 머리를 돌리더니, 나중에는 이틀 전에 응급차가 네다 아주머니를 데리고 간 오솔길을 바라보았다.
오후에 경비원은 다시 라드를 데리고 집으로 갔다.
그러나 아침에 라드는 다시 공원에 있었다.
“똑똑하네.” 경비원이 말했다.
“너는 여기서 늘 집주인 아주머니를 기다리기를 원하는구나.”
일주일이 지났다.
라드는 네다 아주머니가 기절했던 공원 벤치에 여전히 있다.

편지

금요일 오후다. 여름의 마지막이라 조금 따뜻하고 약한 바람이 부는 화창한 날이다.
길가의 나무는 커다란 푸른 그림자를 드리운다.
하늘은 조용하고 주변 호수처럼 빛난다.
나무 밑 의자에 앉아서 거리를 지나가는 사람들, 자동차들, 자전거들을 쳐다보니 좋다.
그러나 도브린은 어느 의자에 앉아 여름 오후를 즐길 조그마한 시간도 없다.
커다란 구릿빛 동전 모양의 해가 구름 없는 파란 하늘로 천천히 흘러가 지금 수평선으로 가라앉는 것조차 알아차리지 못한다.
직장 일이 끝나고 집으로 돌아오기 전에, 판매점이나 약국에 물건을 사러 가야 하고, 딸 미라가 학교에서 7시에 돌아오기 때문에 저녁을 준비하러 빨리 집에 가야 한다.
몇 가지 시간이 필요한 일이 있지만, 시간이 날아가 도브린은 그 뒤를 뛰어간다.
지역 판매점은 사람들로 북적였다.
사람들이 계산대 앞에 줄지어 서 있다.
도브린은 먹을 양식으로 장바구니를 채웠다. 그리고 남과 같이 줄에 섰다.
참을성 있게 기다리면서 집에서 할 일에 대해서 생각한다.
집에 오면 곧바로 저녁을 준비하기 시작할 것이

다.
오늘 저녁에는 스파게티를 요리하려고 마음먹었다.
정말 미라는 스파게티를 좋아한다.
이미 아내 조라가 죽은 지 3년이 지나, 도브린은 물건을 사고 요리하고 접시를 씻고 청소를 한다.
미라의 아빠이자 엄마다.
가끔 피곤해서 책 읽기도, TV 보기도, 말하기조차도 할 생각이 없지만, 미라에게는 피곤한 내색을 하고 싶지 않다.
미라 역시 잘 지내지 못하는 것을 알고 있다.
정말 열네 살 어린 여자아이가 엄마 없이 살기는 쉽지 않다.
그러므로 미라가 고통스럽지 않고 편안하게 지내도록 모든 일을 한다.
삶에서 유일한 희망과 의미는 미라다.
일하고 움직이다가 미라의 작은 웃음을 볼 때면 마치 날개를 가진 듯 가볍다.
미라는 7학년 학생이고 지금 아빠를 필요로 한다는 것을 잘 안다.
지금 아이를 돕고, 기대고, 용기를 주어야만 한다.
미라는 아빠가 두 사람 모두 잘 살도록 가능한 최선을 다하고 있는 것을 보고 아빠를 도우려고 시도했다. 때때로 요리도, 빨래도 한다.
그러나 아빠는 항상 가장 중요한 것은 공부니 좋은 학생이 되라고 말씀한다.

어느새 계산대 앞에 선 줄들이 사라졌다.
도브린은 먹을 재료들에 대한 값을 지급하고, 판매점에서 약간 옆으로 서서 장바구니에 물건을 넣기 시작했다. 바로 옆에 비슷한 나이 또래로 보이는, 갈색의 꼬불꼬불한 머리카락, 따뜻한 비둘기색 눈, 빨간 치마에 파란 블라우스를 입은 여자가 서 있다.
도브린에게 작게 웃는 듯 보였다.
그러나 그 여자를 쳐다보지 않아, 어느 교육 못 받았거나 무례한 사람이라고 생각하지 않도록 장바구니에 머리를 기울였다.
그러나 여자는 계속 서서 쳐다보았다.
말 걸기를 기다리는 듯 보였다.
도브린은 불안했다.
'내가 이 여자를 아는가 아니면 이 여자가 나를 아는가?', 혼자 속으로 물었다.
'아니야, 아니야. 결코, 본 적이 없어.'
하지만 계속해서 나를 쳐다보니 친절함 때문에 인사하지 않을 수 없구나
말을 꺼내려고 하는데 먼저 그 여자가 말을 시작했다.
"안녕하세요, 바크리노브 씨."
도브린은 머리를 들고 커다랗게 놀란 눈으로 쳐다보았다.
'정말 이 여자가 내 이름을 안다.
믿을 수 없다. 그럼 어디에서?'

곧 어디에서 이름을 알게 되었느냐고 묻고 싶었다.
여자가 다시 말을 꺼냈다.
“당신의 편지를 받았어요. 하지만 아직 답장을 못해 죄송해요.”
이 말이 도브린을 혼란스럽게 만들었다.
틀렸다고 말하려고 준비했지만, 실제 내 이름을 알고 있다.
결코, 도브린은 여자에게 편지를 쓰거나 보낸 적이 없다.
전에 학생이었을 때 가끔 그때 사랑했던 여자아이에게 편지를 썼다.
“친절한 말씀에 감사드립니다.” 여자가 계속했다.
“나도 당신이 제안한 것처럼 영화관이라 공연장에 같이 가는 것이 좋다고 생각합니다.”
도브린은 땀 흘리기 시작하여 바보스럽게 입을 벌리고 여자를 바라보았다.
여자가 말한 것, 편지, 친절한 말씀, 영화관, 공연장, 이미 충격에 빠져 단지 우물쭈물했다.
“아, 예, 예.”
“편지도 계속하고 언제 만날 것인지 서로 의견을 나눠요.”
도브린의 당황함을 알아차린 듯 여자가 말했다.
“안녕히 가세요, 바크리노브씨.”
그리고 다시 친밀하게 작게 웃어주었다.
도브린은 돌처럼 굳어지고 무슨 일이 일어났는지

전혀 이해할 수 없다.
'이 여자가 누구지? 꿈이야 기적이야?'
지금까지 이같이 이상한 경험은 없었다.
천천히 출발하면서 모르는 여자에 대한 생각이 머릿속으로 세게 들어왔다.
집에서 스파게티 요리를 시작했다. 미라가 학교에서 돌아와 부엌으로 들어왔을 때, 도브린은 판매점에서 무슨 일이 있었는지 이야기했다.
미라는 주의 깊게 들었다. 그러나 도브린은 딸의 얼굴이 점점 빨개지고, 밤을 닮은 듯한 눈동자가 야릇하게 빛나는 것을 알아차렸다.
"이 편지에 대해 뭔가 알고 있니?"
도브린이 진지하게 물었다.
"예" 미라는 부서지기 쉬운 힘없는 묘목처럼 서서 마루를 내려다보며 고백했다.
"정말?" 도브린은 믿지 못했다.
딸이 조용히 말을 꺼냈다.
"아빠, 엄마 없이 사신 지 벌써 3년입니다. 아빠는 스스로 모든 것을 돌보며 일하고 요리했습니다. 혼자 계셔서는 안 됩니다. 제가 편지를 썼습니다. 마르타 아주머니는 이웃 마을에 삽니다. 역시 혼자세요. 정말 좋은 여자로 교사입니다."
"어떻게 편지를 썼니?" 도브린은 이해 못 했다.
"페이스북에서 아빠 이름으로 썼어요.
아빠 사진도 보내주었어요."
"페이스북에서?" 도브린은 중얼거렸다.

도브린은 페이스북을 사용하지 않고 쓰려고조차 않았다.
그러나 모든 것이 분명해졌다.
미라가 아빠를 위해 아내를 찾는다는 것을 전혀 짐작할 수도 없었다.

어미 늑대

눈이 내렸다. 동굴 안에서 새끼 늑대들이 배고파서 울며 신음했다.
새끼 늑대들은 며칠 동안 이미 아무것도 먹지 못했다.
어미 늑대는 그들을 핥아 주고 뒤에 천천히 일어서서 나갔다.
하얀 달빛이 눈부시게 빛났다.
마치 어딘가 아주 멀리서 숲과 언덕 뒤에서 자매가 도움을 요청하여 부르듯 바람이 윙 하고 불었다. 이 겨울에 양식을 찾기는 위험하다.
그러나 고통스러운 우는 신음이 어미 늑대의 가슴에 크게 구멍을 뚫는다.
몸을 돌려 무거운 꼬리를 움직이고 동굴로 돌아왔다.
새끼 늑대에게 가까이 갔다.
눈들이 어둠 속에서 작게 빛난다.
새끼 늑대들은 어미가 뭔가 먹을 것을 가지고 왔다고 짐작하여 곧 뛰어 왔다.
그리고 다시 더 세게 울며 신음했다.
어미 늑대는 달래려고 젖은 주둥이로 만져주며, 하얗고 사막 같은 겨울에 양식을 찾는 것이 불가능하다고 설명했다.
왜냐하면, 눈 속으로 두 걸음만 나가도 손에 총을 든 몹시 사나운 남자들이 늑대가 어디서 온 지,

새끼가 있는 동굴이 어디에 있는지 알게 될 것이다.
그러나 새끼들은 심하게 배고파 고통스럽기에 이것을 이해하지 못했다.
정말로 어미 늑대는 배고픔, 추위, 잔인하고 모르는 힘이 자주 돌같이 굳게 만드는 두려움, 이 모든 것을 견딜 수 있다. 그러나 고통스러운 우는 신음은 참을 수 없다.
새끼들을 위해 어미 늑대는 여러 시간 눈 위를 헤매거나, 먹이를 찾기 위해 개와 사나운 남자들과 싸우거나, 솜털같이 부드러운 두 마리 새끼들을 배부르게 하려고 준비했다.
어미 늑대는 아직도 엄마가 된 순간을 기억한다.
매우 세게 어미 늑대는 엄마가 되기를 원했다.
당시 일주일 내내 늑대들은 수풀, 들판, 풀밭을 헤맸다.
마침내 커다랗고 울창한 숲에 들어갔다.
많은 용감한 늑대들이 있었다.
밤에 어느 언덕 위에서 머리를 들고 크고 누런 달을 향해 도전하듯 소리를 질렀다.
아무것도 그들을 두렵게 할 수 없다고 매우 사나운 남자들에게 보여주고 싶었다.
밤새 무슨 일이 일어나리라고 생각했다.
늑대들은 날카롭고 푸른 눈으로, 마치 몸 안에서 불이 타듯이 어미 늑대를 쳐다보았다.
그러나 눈빛은 잔인하지 않았다.

눈에서 어미 늑대를 위해 무엇이든 할 준비성, 갈망함을 닮은 반짝임을 볼 수 있다.
그러나 어미 늑대는 교활했다.
늑대들의 소원을 알지 못하는 듯했다.
똑같은 불꽃이 어미 늑대의 몸을 빛나게 했다.
어미 늑대는 유혹하듯 꼬리를 움직이고 푸른 눈은 부드러운 독약 같았다.
이리저리 늑대들을 쳐다보았다.
늑대들의 마음은 소원과 부드러운 고통으로 가득 찼다.
삶에서 뭔가 새롭고 중요한 일이 시작되리라고 느꼈다.
오래전부터 반드시 일어나리라고 알고 있다.
참을성 없이 떨며 이 순간을 기다렸다.
지금 아주 빠른 강처럼 어미 늑대 속에 있는 모든 것이 중요한 순간으로 끌어당긴다.
아직 언제 어디에서 일어날지 모른다.
늑대 냄새를 맡자 끈처럼 긴장된 강한 늑대 몸이 어미 늑대를 유혹했다.
지금 늑대들은 예전보다 아름답고 빠르고 힘있게 보인다.
어미 늑대는 전에 결코 한 적이 없는 행동을 했다.
어미 늑대가 앞으로 달려가면 늑대들이 뒤따랐다.
때때로 어미 늑대는 머리를 돌려 늑대들을 쳐다보았다.

교활한 시선이 수수께끼처럼 유혹하는 불꽃 역할을 했다.
때때로 어미 늑대가 자기도 모르게 꼬리를 들면 뒤의 늑대들은 미친 듯했다.
공기는 뜨거워지고 포효하는 소리는 더욱 세져 고집스럽고 참지 못했다.
그러나 모든 것이 단지 한순간이었다.
어미 늑대는 다리를 펴고 계속해서 달렸다.
마치 끝없이 파란 하늘을, 나서 자란 넓은 숲과 들판을 마지막으로 즐기려는 듯 달렸다.
나중에 무슨 일이 기다릴지, 지금처럼 자유롭고 걱정 없을지 알지 못하기 때문이다.
지금 어미 늑대는 다시 급류, 수풀, 풀밭의 기적 같고 아주 아름다운 세상을 지나가기를 원했다.
어미 늑대 뒤에 있는 늑대들은 참을성이 없다.
미친 듯한 불꽃이 그들을 괴롭힌다.
언제 어미 늑대가 지쳐 멈출 것인지 기다렸다.
젊은 늑대들은 더 난폭했다.
결정적인 순간들을 미리 느꼈다.
마치 바람처럼 달리는 말을 재갈 시키려고 노력하는 기수가 있는 것 같이, 그들 가슴 속에 광풍이 몰아친다.
오직 은색의 달빛으로 빛나는 울창한 숲 풀밭 위에 어미 늑대는 멈춰 늑대들을 쳐다보았다.
늑대 중 젊고 힘센 두 마리가 어미 늑대에게 가까이 다가가려고 했다.

그러나 어미 늑대의 날카로운 이빨이 칼처럼 빛나 그들을 멈추게 했다.
이 순간에 모든 늑대는 미친 듯이 서로 뛰면서 잔인한 싸움을 시작했다.
여러 울부짖는 소리가 자는 숲을 깨운다.
오직 차가운 달이 이 싸움의 유일한 말 없는 증인이다.
이빨을 갈고 털이 뽑히고 뜨거운 핏방울이 풀과 나뭇잎 위로 뿜어졌다.
어미 늑대는 지금까지 이런 잔인하고 피에 굶주린 싸움은 본 적이 없다.
마음속에는 불꽃이 탔다.
어미 늑대는 이 싸움이 자기와 관련된 것을 알았다.
가장 힘이 센 늑대 승리자가 어미 늑대를 상대할 것이다.
지금 어미 늑대는 어느 늑대가 죽기까지 싸워 이길지 보려고 기다렸다.
차례대로 늑대들은 싸움을 그만두고 상처를 핥기 위해 멀리 뛰어갔다.
정말 힘이 누가 남을지 결정했다.
어떤 늑대들은 몸과 이빨을 들어보려고 한다.
충분히 힘이 세지 않다고 볼 때, 품위 있게 싸움터를 멀리 떠나갔다.
오직 두 마리, 구리색 털을 가진 늙은 늑대와 화강암처럼 회색 털을 가진 젊은 늑대만 남았다. 눈동자에는 뜨거운 갈망하는 불씨가 빛난다.
늙은 늑대는 평생 늑대를 이끌었다. 지금 두 마리 늑대가 서로 마주 보고 서 있다.
날카로운 이빨이 빛나고 격렬한 폭포처럼 울부짖었다.
울부짖음 속에는 이긴다는 준비성, 열정, 최고에 대한 노력, 능력, 잔인함, 미움과 악의가 있었다.
둘 다 지금 나무 옆에 서서 조용하게 지켜보고 있는 어미 늑대를 반드시 갖기를 원했다. 둘은 서로를 훔쳐보았다. 피곤했지만 몸을 강철 칼처럼 뻗었다.
회오리바람처럼 서로를 향해 뛸 준비를 했다.
어미 늑대는 움직이지 않고 그들을 바라보면서 승자를 기다렸다.
젊은 늑대는 힘이 더 세고 간헐천처럼 피가 끓고 있는데, 늙은 늑대는 더 교활하고 능숙하다.
젊은 늑대보다 많은 경험이 있다. 적당한 순간을 기다려 젊은 늑대를 숨어 기다리다 갑자기 뛰어 날카로운 이빨과 발톱을 칼처럼 적의 몸뚱이에 넣을 수 있다.
늙은 늑대는 어느 쪽에서 공격해 올지, 위험을 피할지 경험으로 미리 알 수 있다.
늑대들은 서로 쳐다보았다. 두 개의 장전된 활을 닮았다.
눈에서는 독을 비추고 있다. 뛸 준비가 되었다.
어미 늑대는 늑대가 갑자기 뛰어 몸을 쥐어짜는

것을 보았다.
잔인한 포효소리가 조용함을 갈랐다.
늑대의 몸은 두 개의 공처럼 변했다. 몇 초 동안 서로 멀어졌다가 이윽고 곧 다시 이빨과 발톱을 집어넣었다. 뜨거운 피가 흘렀다. 늙은 늑대가 넘어졌다.
젊은 늑대가 뛰어 늙은 늑대의 몸을 물어뜯기 시작했다.
어미 늑대는 긴장이 풀어졌다.
늙은 늑대는 작은 피의 늪에 누워있다. 어미 늑대를 쳐다보고 싶지도 않았다.
마치 부끄러운 듯했다.
마지막으로 커다란 유리 눈을 닮은 달을 쳐다보았다.
달은 이 마지막 잔인한 싸움의 증인이다. 늙은 늑대의 흐릿한 눈앞에 모든 삶이 지나간다.
커다란 숲으로 혼자 다니기 시작한 때, 사냥에 성공한 때, 처음 사랑한 순간, 젊은 순간, 지금까지 승리의 날부터 여기 져서 쓰러진 지금까지.
젊은 늑대는 깊이 숨 쉬고 어미 늑대 앞에 섰다.
눈빛에는 열정, 갈망, 힘, 어미 늑대의 뜻에 따르려는 준비성이 있다.
어미 늑대는 헌신, 따뜻함, 감사의 마음으로 젊은 늑대를 보고 천천히 깊은 숲으로 들어갔다.
젊은 늑대가 그 뒤를 따랐다.
어미 늑대가 자기 속에서 새 생명이 깨어난 것을

느낄 때 더욱 조심스럽고 더욱 주의해서 세계를 살피기 시작했다.
어미 늑대는 용감했지만, 이 생명을 위협하게 하는 어떤 행동도 지금은 하지 않는다.
어미 늑대는 새끼를 낳기 위해 오랫동안 숨을 만한 곳을 찾아 마침내 이 동굴을 찾아냈다.
어미 늑대는 새끼를 낳았다.
피곤하고, 땀 흘리고, 모든 것을 다 쏟아낸 어미 늑대는 새끼들의 우는 신음을 들었다.
기적 같은 빛이 비치며 달콤한 고통이 몸에 느껴졌다.
이 순간 삶에서 가장 중요한 행동을 한 것으로 보였다.
정말 이것 때문에 지금까지 살았다.
어미 늑대는 기뻤다. 하지만 이 기쁨이 길게 가지 못했다.
왜냐하면, 새끼 늑대에게 먹을 것이 필요했기 때문이다.
지금 따뜻한 엄마 몸 옆에서 놀지만, 곧 배가 고플 것이다.
이미 일주일 내내 눈이 왔다. 모든 것이 하얗다.
얼음 같은 바람이 기분 나쁘게 윙 소리를 내며 웃었다.
눈 때문에 어미 늑대는 갇혀있고 동굴 밖으로 나갈 수 없다.
정말로 바람은 늑대의 냄새를 멀리까지 실어나른

다. 하지만 새끼들의 울음 신음이 어미 늑대를 슬프게 만든다. 조금씩 어미 늑대는 용기를 낸다.
반드시 나가서 새끼들을 위해 먹을 것을 찾아야 한다.
새끼들을 위해 아침부터 밤까지 헤맬 준비를 했다.
어미 늑대는 새끼들에게 경고하듯 짖었다. 새끼들은 동굴 안에서 조용해졌다.
어미 늑대는 새끼들을 쳐다보고 나갔다.
밖에서 둘레를 살피고 주둥이를 들고 냄새 맡기 시작했다.
지금 천천히 조심스럽게 걸어가야 했다.
어미 늑대는 어떤 먹을 것이라도 발견하리라고 확신했다.
항상 뭔가 발견하기에 성공했다.
힘이 나는 것을 느꼈다.
정말 어두운 동굴에서 두 마리 약한 새끼들이 기다릴 것이다.
새끼들을 먹이고 돌보아야만 한다. 어미 늑대는 수풀 속으로 밀고 들어가 나무 사이로 지나갔다. 그림자처럼 조용하게 걸어갔다. 냄새를 맡고, 둘레를 살피고, 어떤 위험이 닥치면 활처럼 뛰어갈 준비를 했다.
마침내 찾고 있던 양의 냄새를 맡기 시작했다.
양들이 가깝지는 않지만 어디에 있는지 냄새가 알려준다. 어미 늑대의 피가 끓기 시작한다. 더욱 자세히 살폈다. 소용없는 것은 아무것도 없다.
정말로 강하고 철 같은 몸에 송곳처럼 날카로운 이빨, 어미 늑대는 달리기 시작했다.
지금 불과 천둥을 가진 아주 사나운 남자라도, 양의 우리에 있는 개들도 어미 늑대가 두렵게 할 수 없다. 개는 약하고 작게 보인다. 어미 늑대는 양 우리의 울타리를 뛰어넘어, 조용히 잔칫상이 기다리는 안으로 들어가야 한다.
아직 몇 미터 남았다. 그러나 개가 알아차리고 미친 듯 짖기 시작했다.
정말로 어미 늑대 앞에 나타날 용기는 없었다.
그러나 무슨 일이 생겼다. 개들이 어미 늑대를 향해 뛰어왔다. 어미 늑대는 멈췄다.
싸우기로 했다. 새끼들 때문에 어미 늑대가 무엇이 나타나든 찢어 버리리라 준비된 것을 개들은 모른다. 자기 목숨은 가치가 없고 새끼 늑대는 살아야만 한다.
어딘가에서 불과 천둥을 가진 남자가 나타났다.
복수에 얽매여 어미 늑대는 남자에게 뛰어갔다.
개가 사납게 짖었다. 남자는 나뭇가지를 닮은 무언가를 들고 천둥소리를 냈다.
어미 늑대는 쓰러졌다.
곧 뛰어가 자신을 살려야 할 것처럼 보였다.
돌아가지 않으면 새끼들은 죽을 것이다.
깊은 슬픔을 느꼈다. 두 번째 천둥소리가 났다.
어미 늑대의 몸 아래 따뜻한 피의 작은 늪이 생겼

다.
하늘을 쳐다보고 움직이지 않고 누워있던 늙은 늑대를 기억했다.
회색의 화강암 같은 젊은 늑대를 기억했다. 지금 몇 초 동안 어미 늑대의 모든 삶이 눈앞에 지나갔다. 마지막에는 두 마리 새끼의 죄 없는 눈을 보았다.

책-구원자

오전에 프랑스 도시 리모지노에 도착했다.
내 친구 이사벨과 피에르가 나를 기다렸다.
부부의 집은 도시에서 약 10킬로 떨어진 그림 같은 곳에 있다.
1층 넓은 방에서 커피를 마시는 동안 수많은 책이 있는 커다란 책장을 바라보았다.
가장 높은 선반 위에서, 턱수염이 있고 커다란 여행 가방을 들고 고속도로에 앉아있는 중년의 남자 사진을 보았다.
이 사진을 보다가 이사벨에게 '이 남자가 누구냐'고 물었다.
매우 재미있는 역사를 이야기하기 시작했다.

몇 년 전 우리 부부는 차로 이웃 도시 브리보에서 리모지노로 왔어요.
차도에서 이 남자를 보았지요. 우리는 자동차를 얻어 타고 여행한다고 생각하고 차를 세워 어느 방향으로 가느냐고 물었어요. 정처 없이 여행한다고 대답하더군요.
우리는 놀랐어요. 그 남자는 검은 곱슬머리 머리카락에 깊고 어두운 눈을 가진 45세 정도였어요.
눈빛으로 슬픔과 절망을 엿볼 수 있었지요.
어느 도시로 데려다준다고 제안했어요. 처음에는 우리를 귀찮게 하지 않으려고 거절했으나 나중에 제안을 받아들여 차에 올라탔어요. 가는 동안, 누구며 어디에서 왔고 왜 목적 없이 다니는지 매우 알고 싶었어요. 참지 못하고 물었지요.
천천히 간신히 말하기 시작했어요. 누군가에게 말할 필요를 느낀 듯 보였어요.
부인이 갑자기 죽었다고 말했죠.
자녀는 없었어요.
아내의 죽음이 그 남자를 깨부쉈어요.
우울해지고 절망에 빠졌죠.
자살할 수조차 없었어요. 아내가 죽고 난 후 집안의 모든 것, 가구, 물건, 옷, 그런 것들이 아내를 생각나게 했지요. 잘 수도 없었고 먹을 수도 없어 갑자기 집을 떠나기로 마음먹었지만 어디로 갈지 알지 못했어요. 한 달 이상 고속도로와 찻길 위에서 혼자 헤맸지요.
우리는 같이 살자고, 그를 도우려고 그 남자를 집으로 초대했어요. 1년간 우리 집 여기에 살았지요. 2층에 묵었던 방이 있어요. 우리와 함께 있어 혼자라고 느끼지는 않았어요.
나는 인생, 사랑, 고통, 나라에서 찻길을 따라 헤매는 심정을 표현한 책을 쓰라고 제안했어요. 그렇게 하면 고통을 이겨내리라고 믿었죠.
그리고 정말 책을 쓰기 시작했어요.
몇 달 뒤 그 남자는 말했어요.
이사벨, 피에르 정말 감사해요. 책을 다 썼으니 떠날게요. 출판사를 찾을게요.

큰 여행 가방을 들고 떠났어요.
반년 뒤 우리는 책을 받았어요. 이사벨이 책을 보여주었는데 제목이 '나의 길'이었다.
우리는 그 사람을 결코 잊을 수 없을 거예요.

이사벨이 말했다.
나는 다시 큰 여행 가방을 가진 검은 눈의 남자 사진을 쳐다보았다.
사진에서 그 남자는 찻길에 앉아있는데, 나는 오래된 옛 친구처럼 함께 여행하는 그 남자와 이사벨과 피에르를 보고 있는 듯 느꼈다.

춤추는 천사

다나는 어릴 때부터 벌써 춤을 추었다.
음악을 들으면 곧장 일어나, 몇 걸음 걷고, 마치 지구 밖의 신비로운 힘이 이끌듯이 춤추기 시작했다.
마른 몸은 불꽃처럼 휘어지고, 부드러운 다리는 땅을 닿지도 않고, 팔은 날개처럼 떨리고, 긴 머리카락은 파도 같고, 커다란 눈은 기적 같은 불을 비춘다.
놀랍고 마술 같은 힘이 다나의 춤 안에 있다.
누구나 춤추는 것을 보면 반하여 움직이지 않고 쳐다본다. 춤을 추면 부드러운 바람이 아름다운 다리, 하얀 넓적다리, 뼈가 없는 듯한 모든 몸을 어루만진다. 신기루와 같다.
음악은 나무에서 떨어지는 가을 잎처럼 부드럽게 날게 한다.
다나의 춤은 여자 요정처럼 센 바람 같고 열정적이며 그리움처럼 쉽게 움직이고 가볍다.
모든 발걸음, 모든 움직임이 시냇물 소리처럼 가락 있고 시적이다.
매우 젊은 나이에 다나는 고향 집을 떠나 행복을 찾아 나갔다.
처음에 공연장 '아레노'에서 공연순서들 사이 쉬는 동안에 춤을 추었다.
공연장에서 인도 사람이 뱀들을 길들여 피리를 불

면 상자에서 뱀이 나오며 가락에 맞추어 춤을 춘다. 뱀들과 함께 다나가 춤을 춘다. 어느 쪽이 더 인상적인지, 뱀인지 다나인지 말할 수 없을 정도다. 다나의 몸은 갈대처럼 휘어지고 눈 속의 불꽃은 관객을 끌어당긴다.
공연단과 함께 전국을 다녔다.
도시와 마을을 지나갔다.
다나의 삶은 끝없이 즐거운 춤과 같다.
밤낮으로 춤을 추었다.
놀랄만한 춤이 사람뿐만 아니라 동물까지도 홀린다고 말했다.
춤을 추면 우리의 호랑이도 집고양이처럼 조용해진다. 원숭이는 함께 춤추며 동작을 따라 한다. 공연장에서 소유주 피에르부터 마술(馬術) 연습장 일꾼까지 다나를 사랑했다.
다나는 공연장에서 가장 어릴 뿐만 아니라 가장 즐겁고 모두를 행복하게 해 준다고 모든 사람이 말한다. 다나 덕분에 항상 공연장은 다나의 춤을 보러 사람들이 가득 찼다.
결코, 전에는 공연 내용이 그렇게 성공적이지 못했다.
2년 뒤 다나는 공연장을 떠났다.
왜 떠났는지 아무도 모른다. 그때 공연단은 바닷가 도시를 돌며 다녔기에 바다가 유혹했을 것이다. 분명 끝없이 파란 바다, 따뜻한 황금 모래, 파도의 살랑거리는 소리가 머물도록 했는지, 아니면 바다에서 마음을 유혹하는 누구를 만나 사랑에 빠졌는지 모른다.
어느 밤, 잠을 자는 미니버스에서 조용히 나가 사라졌다. 얼마 뒤 어느 산골 마을에서 뜨거운 숯 위에서 춤을 주는 것을 보았다고 했다. 이 나라 어느 산골 마을에는 그런 의식이 있다. 젊은 아가씨가 숯 위에서 맨발로 춤을 춘다. 이 춤을 본 외국 사람들은 속임수나 마술이라고 말한다.
그러나 다나는 숯 위에서 춤추고 모든 사람은 황홀하게 보고 있다.
정말로 다나는 신의 의식을 수행하는 여사제 같다. 어깨까지 늘어진 검은 머리카락에 길고 하얀 옷, 별을 바라보는 눈길. 다나는 밤하늘에 있는 불타는 혜성 같다.
하얀 맨발 아래서 꿈, 갈망, 사랑, 매력의 불꽃이 빛난다.
한 번은 숯 위에서 춤추는 동안, 부르고라는 도시에서 제일 부자인 알로조 씨의 호텔에서 일하는 두 젊은이 로코와 미코가 다나를 보았다.
'우리 사장은 곧 생일잔치를 할 것이다. 거기서 이 춤추는 아가씨가 춤추어야 한다.
주인에게 큰 선물이고 유쾌한 놀람을 줄 것이다.'
춤이 끝났을 때 다나를 붙잡고 검은 차로 들어가게 했다. 저항할 수 없었다. 정말로 마르고 부드러웠다. 호텔 '바다의 바람 소리'로 데려가서 방에 가두었다. 다나는 왜 이리로 데려왔는지 무슨 일이 일어났는지 알지 못한 채 침대 위에 앉아있다.
혼자라 놀라워서 울었다.
항상 춤추고 웃었지만, 지금은 새장에 갇힌 새 같아서 슬프게 울었다. 다나는 너무 무서웠다. 문이 잠긴 채 방에 혼자 있다. 방이 넓고 TV, 냉장고, 커다란 침대가 있는데 화려하게 가구가 있음에도 불구하고 숨이 막혔다.
욕실에 있는 욕실 대야가 저수지 같다.
다나는 거울 앞에서 구리같이 빛나는 얼굴, 검은 눈에 길고 검은 머리카락을 가진 자신을 보고 믿지 못한다. 쳐다보고 놀랐다.
지금까지 어쩌다 한번 거울을 보았지만, 눈빛이 그렇게 센지 믿지 못했다. 요정을 닮았다.
지루해서 춤을 추려고 했지만, 새장에서는 출 수 없었다. 마음은 두려워 떠는 참새처럼 눌렸고, 팔은 도끼로 찍힌 듯하고, 다리는 마루판에 못 박힌 듯 느껴졌다. 움직일 수조차 없었다.
마비된 듯 느껴졌다. 더욱 세게 울었다.
뜨거운 눈물이 작은 강처럼 흘렀다.
침대는 편안하고, 부드럽고, 꽃냄새가 났지만 밤새도록 잠을 못 이루었다.
다음 날 두 명의 힘센 젊은이가 왔다.
호텔의 식당으로 안내했다.
주로 우아하고 유행하는 옷차림의 남녀 젊은이들이 먹고 마시고 즐겼다.
식당 가운데에는 빛으로 세게 밝혀진 연단이 있

다. 거기서 차례대로 노래하는 남녀가수가 서 있다. 소매 없이 긴 빨간 옷의 아가씨가 알렸다.
“사랑하는 알로조 씨를 위해, 생일잔치를 맞아 큰 놀람이 있을 것입니다. 진짜 요정이 춤을 출 것입니다.” 다나는 연단으로 떠밀려 조명 아래 섰다.
마르고 두려움에 떠는 다나는 야생의 작은 동물 같다. 검은 머리카락에 하얀 옷을 입고 맨발의 다나는 요정 같다. 센 빛이 눈을 부시게 하여 아무것도 볼 수 없다.
식당에 앉아있는 알로조 씨가 누군지, 왜 모두가 존경하고 머리 숙이는지, 다나는 전혀 모른다.
갑자기 음악이 소리 내자 본능적으로 춤추기 시작했다.
자신이 어디에 있는지 자신 둘레에 사람들이 있는지 잊어버렸다.
마법에 걸린 듯 춤을 추었다. 식당 안에는 깊은 조용함이 가득했다.
다나는 달과 별 아래 어두운 숲에서 풀밭 위에 혼자인 듯 춤을 추었다.
주변에는 나무가 있고 나무 뒤에는 다나를 노리는 짐승이 있는 듯 보인다.
어두운 식당 안에는 야생동물의 눈동자처럼 오직 담뱃불만 작게 빛난다.
조용한 가을 바다의 파도처럼 음악이 흐른다.
얼마동안이나 춤을 추었는지 말할 수 없지만, 음악이 멈추자 식당 안은 함성이 천둥 치듯 했다.

모두가 '잘한다'를 외치며 계속 춤추기를 원했다.
돌처럼 굳어진 다나는 박수가 자신을 위한 것인지 믿지 못했다.
식당 안의 불빛이 세찬 물처럼 한꺼번에 쏟아지듯 비추었다.
우아하고 유행에 맞는 옷차림을 하고 두꺼운 담배를 피우면서 어느 남자가 다나에게 다가와 말했다. "감사합니다. 감동적이네요.
오늘부터 일해 주세요. 여기서 춤을 추세요.
급여, 호텔 방, 원하는 모든 것을 드릴게요."
이 사람이 호텔과 식당의 소유주 알로조 씨였다.
다나에게 저녁 식사를 가져다주라고 종업원에게 명령했다.
"오늘부터 숲의 요정은 여기에서 춤을 춥니다."
큰 소리로 알로조 씨가 알렸다.
다나는 매일 밤 이 식당에서 춤을 추었고, 점점 더 많은 사람이 춤을 보러 왔다.
식당은 항상 만원이었다. '바다의 바람 소리' 호텔 식당에서 매일 밤 다나, 숲의 요정이 춤춘다고 알리는 벽 광고가 도시에 붙었다.
다나는 지칠 줄 모르게 춤을 추었고, 춤은 100년 묵은 포도주처럼 관중을 취하게 했다.
춤을 보러 여러 번 오는 사람들도 있다.
정말로 산꼭대기에서 나온 순수하고 시원하고 차가운 물이고 약재였다.
사람들 끌어당기는 춤의 힘이 어떤 것인지 설명할

수 없다.
발레를 전혀 본 적이 없는 사람조차도 보러 왔다.
부드럽게 날아가는 움직임, 불타는 눈동자, 따뜻하고 친절한 웃음이 사람들을 황홀하게 한다.
알로조 씨는 매일 밤 식당에 와서 춤을 본다.
여기서 다나가 춤 춘 이래 일, 가족, 모든 것을 잊고 오직 앉아서 다나만 쳐다본다.
춤추다가 때때로 마음에 불이 난 듯 쳐다본다.
알로조 씨의 눈빛은 조용하다.
그러나 전에는 사나운 늑대의 눈빛 같았다.
사업이나 돈에 대한 흥미도 그쳤다.
경쟁업자들도 핍박하지 않는다.
가진 다른 호텔을 잊을 정도였다.
친구와 동료도 차례로 떠났다.
그들 중 누군가가 식당에 음료, 먹을 것이 풍부하고 다나가 처음으로 춤추는 생일잔치를 때때로 기억했다.
어느 저녁 식당 안의 공연이 시작하지 않았다.
손님들이 불평했다. 춤추는 다나가 없어졌다.
찾았지만 어디에도 없었다.
알로조는 매우 화가 났다.
탁자에 앉아 신경질적으로 담배를 피웠다.
로코와 미코에게 바로 찾으러 가라고 명령한다.
"30분 동안 찾아내라." 엄하게 말했다.
로코와 미코는 밖으로 나갔다.
로코가 말했다. "찾으면 때려 줄 거야."

“그것만은 하지 마라.” 미코가 충고했다.
“나중에 알로조 씨가 너를 쏘아 죽일 거야. 정말로 숲의 요정 없이는 살 수 없을걸.”
모든 도시를 둘은 찾아다녔다.
만나는 모두에게 물어보았다.
마침내 누군가 ‘마귀의 눈’이라는 술집에 있다고 말했다.
로코와 미코는 곧바로 뛰어갔다.
‘마귀의 눈’에서는 소동이 일어났다.
젊은 남자들이 춤을 추고, 어느 구석에서 몇몇 젊은 남녀들과 춤을 추는 다나를 보았다.
둘은 곧바로 붙잡아 차에 태우고 출발했다. 20분 뒤 범인을 쳐다보듯 경찰처럼 엄하게 다나를 바라보는 알로조 씨 앞에 섰다. 알로조 씨가 말했다.
“너는 내게서 벗어날 수 없어.”
“나는 당신 소유물이 아닙니다.” 다나가 말했다.
“우리가 찾을 것이다.”
알로조가 거친 소리를 냈다.
“돈으로 나를 살 수 없어요.”
쳐다보는데 눈에 불꽃이 빛났다.
“우리가 찾을 것이다.”
되풀이하면서 춤 추라고 명령했다.
다나는 연단 위로 올라갔다.
몇 초 동안 움직이지 않다가 나중에 춤추기 시작했다.
새로운 춤이었다. 몸을 활처럼 뻗었다. 큰바람처

럼, 야생말처럼 뛰고, 머리카락은 갈대처럼 휘날리고, 폭풍에 가라앉듯 춤을 추고 눈은 빛났다.
알로조 씨는 탁자에 앉아 쳐다보다가 갑자기 몸 상태가 나빠졌다.
심장이 아프고, 땀이 나고, 힘겹게 숨 쉬고, 철 손가락이 목을 눌러 숨이 막히고 어지러웠다. 눈앞에 짙고 검은 구름이 보였다. 마치 무거운 가방이 등 위에 있는 듯했다.
알로조 씨는 공포에 싸여 다나에게 소리치기 시작했다.
"가라, 식당에서 나가라. 너는 정말 저주받은 마녀다. 내어 쫓아라. 더 보기 싫다."
로코와 미코는 뛰어가 다나를 잡고 밖으로 끌어냈다.
그날 이후 누구도 다나를 보지 못했다.
어디로 갔는지, 무엇을 하는지 아무도 모른다.
아직도 춤을 추고 있는지 아닌지 수수께끼다.

외투

문학의 밤에 여자를 만났다.
시인들이 자기 시를 읽었다.
여자는 대중 앞에 서자 떨리며 감정에 젖었다.
명확하고 천천히 읽었다.
눈은 우윳빛 초콜릿처럼 밝은 갈색이다.
머리카락은 검고 짙어서 어깨 위로 자유롭게 늘어져 있다.
머리숱이 이마를 덮어 때로 가늘고 섬세한 손으로 들어 올렸다.
읽으면서 빙긋 웃었는데, 장밋빛 입술 구석의 웃음이 더 매혹적이다.
눈썹은 작고 검은 콤마처럼 조그맣게 움직였다.
단정하게 차려입고 두꺼운 재질의 갈색 치마에 같은 갈색의 무릎까지 긴 신발,
높은 깃을 가진 하얀 웃옷.
가락 있는 목소리와 발음하는 단어를 들었으나,
남자는 마치 알아듣지 못한 듯했다.
읽기 시작할 때 느낀 떨림이 지금 따뜻한 파도처럼 온몸을 덮었다.
조금 술 취한 듯 느꼈다.
시의 마지막 단어를 말하고 조용해지자 갑자기 참가자들의 함성이 남자를 깨웠다.
시 낭송이 끝나고, 가까이 다가가서 시집을 어디에서 살 수 있냐고 물었다.

조그맣게 웃자 가슴 속에 작은 떨림이 느껴졌다.
지금 여자 앞에 서서 보니 대략 35살 정도라, 남자보다 스무 살 연하다.
서점에서 살 수 없다고 설명하면서, 집 주소를 알려 주면 우편으로 보내주겠다.
인터넷에서 읽을 수 있다고 덧붙였다.
저녁에 집에 돌아와서 아직도 초콜릿 색 눈과 해 같은 웃음을 보는 듯했다.
즉시 컴퓨터를 켜서 인터넷의 시를 읽기 시작했다.
자정까지 읽었다.
며칠 뒤에 우편으로 시집을 받았다.
둘은 인터넷으로 서로 이야기를 나누었다.
여자는 신문학(新聞學)을 공부했지만 적당한 일을 찾지 못한 것을 알았다.
결혼하지 않고 엄마와 함께 살고 있다.
남자도 자기 자신에 대해 편지에 썼다.
혼자 살면서 다리 건축에 관련된 회사에서 자문(諮問)하고 있다.
문학의 밤 이후 삶이 변했다.
매일 일이 끝나고 집에 서둘러 와서 대화를 위해 컴퓨터를 켰다.
시간은 어느새 지나갔다.
많은 주제(主題)에 관해 이야기했다.
밤에 조용하고 어두운 동굴 같은 방에서 잠들 때 스스로 물었다.

내가 사랑에 빠졌나? 이 나이에 마음 깊이 사랑한다는 것을 믿으려 하지 않았다.
낮에는 행복해 날아갈 듯하고, 저녁에는 목소리를 듣고 컴퓨터 화면 위에서 얼굴을 보려고 서둘러 집으로 온다.
둘은 만나기 시작했고 극장, 오페라를 관람했다.
고등학생처럼 사랑에 빠졌지만, 그 느낌을 감히 고백하지 못했다.
여자는 일거리가 없어서 힘들었다. 여자와 엄마는 돈이 충분하지 않다고 생각했다.
돕고 싶었으나 마음 상하게 하지 않으려고 돈 이야기를 꺼내지 않았다.
여자는 1월인데도 얇은 웃옷을 입었다.
아내는 죽기 전, 아름답고 현대적인 짙은 파란색의 외투를 샀다.
그 옷을 선물 하기로 마음먹었다.
여자는 작고 날씬한 아내와 비슷했다.
외투를 선물하며 말했다.
“아내가 아파서 이 외투를 하루도 못 입었어요.”
일주일이 지났지만 얇은 웃옷을 계속 입었다.
“제가 선물한 옷을 왜 안 입나요?” 하고 물었다.
“외투요? 나보다 더 필요로 하는 어느 여자분에게 주었어요.”
잠잠하다가 뒤에 작게 덧붙였다.
“미안해요. 당신의 아내를 대신할 수 없어요.”
아무 대답도 못 했다.

피곤하고 고민에 빠진 채 집으로 돌아왔다.
자신을 꾸짖었다.
'내가 그렇게 유치한가?
어떻게 아가씨가 나를 사랑하리라고 생각했나?
아마 그 여자가 맞다.
잠재의식에서 죽은 아내를 대신할 여자를 찾았는가?'
나올 수 없는 미로를 헤맨 듯했다.
이야기하고 컴퓨터 화면에서 얼굴을 보려고 더 컴퓨터를 켜지 않았다.

루스란의 풍경화

해가 빛나는 9월의 어느 날입니다.
하늘은 어린아이 눈처럼 파랗고 희미한 바람은 얼굴을 어루만지고 공원은 자는 듯 조용합니다. 날마다 일이 끝난 뒤, 류벤은 편안한 9월의 오후를 즐기면서 집까지 걸어가기를 좋아합니다. 지금은 보리수가 많은 넓은 가로수길로 걸어가고 있습니다. 그리고 오른쪽으로 돌아, 공원에 들어서니 노랗고 빨갛고 갈색의 나뭇잎 때문에 여러 가지 색의 외투를 입은 날씬한 여자와 같은 나무들이 서 있습니다.
화단에 핀 가을의 꽃이 바람 때문에 조금 움직이는데 마치 인사를 위해 고개 숙이는 듯했습니다.
공원의 작은 연못에 해가 반짝이는 9월의 어느 날, 그림을 전시해서 파는 화가들이 모입니다. 여기 이곳은 커다란 특별전시회 같습니다.
류벤은 그림을 둘러보면서 잘 알고 지내는 화가들과 대화하기를 좋아하고 가끔 몇 개 그림을 샀습니다. 이미 충분히 많은 그림을 가지고 있습니다.
언젠가 여러 화가의 그림을 전시하는 미술관 세우기가 꿈입니다.
지금 재미있고 특별한 그림을 찾기 바라며 그림들을 자세히 쳐다보고, 잘 세워진 그림 사이를 천천히 지나갔습니다. 그러나 주의를 끄는 그림이 없었습니다.

류벤은 여기에 전시하는 화가 중 많은 화가의 스타일과 그림 기술을 잘 알고 있습니다.
천천히 계속 걸어가다가 갑자기 멈췄습니다. 의자 중 하나에 세워진 몇 가지 수채화 풍경화가 눈에 띄었습니다. 류벤은 쳐다보면서 매우 놀랐습니다.
그림이 특별했습니다. 그것을 그린 화가는 매우 독창적인 스타일을 가지고 있습니다.
마치 알지 못한 기적의 세계를 느끼고 재미있게 그려냈습니다. 색깔도 놀랄 만했습니다.
류벤은 그림들을 쳐다보았습니다. 순수함과 진지함이 류벤을 반하게 했습니다.
빛과 기쁨을 비추었습니다. 화가의 군센 영감과 기쁨의 소리를 느낄 수 있습니다.
화가를 보려고 둘러보았지만 그림 근처에 아무도 없었습니다.
근처 의자에 잘 아는 늙은 화가 페트코 아저씨가 앉아있습니다.
"아저씨, 이 그림을 누가 그렸어요?"
류벤이 물었습니다.
늙은이가 빙긋 웃으며 호수 쪽을 가리켰습니다.
"지금 저기에 있어." 페트코 아저씨가 말했습니다.
늙은 화가가 가리킨 쪽을 쳐다보았습니다.
거기에 공놀이하는 어린 남자아이 몇 명이 보였습니다.
"어디예요?" 류벤이 물었습니다.
"저기 공으로 뛰어가는 금발의 개구쟁이."

다시 페트코 아저씨가 말했습니다.
“그 아이가 이 풍경화를 그렸다고요?”
류벤은 믿지 못했습니다.
“응” 늙은이가 대답했습니다.
“이름은 루스란이고, 때때로 여기 와.”
그리고 페트코 아저씨는 어린아이를 불렀습니다.
“루스란, 이리로 와. 이 아저씨가 너랑 이야기하고 싶대.”
마지못해 어린아이가 가까이 왔습니다.
대략 10살 정도의 짙은 금발에, 두 개의 유리 전구처럼 밝은 파란 눈, 뛰어와서 뺨은 익은 사과처럼 빨갛습니다.
“이 풍경화를 그렸니?” 류벤이 물었습니다.
“예” 어린아이가 대답했습니다.
“그림 그리기를 좋아하는구나.”
류벤이 말했습니다.
“예”
“왜 그림을 여기에 두었니?”
이 질문에 어린이는 조금 당황했습니다.
아래로 낡은 신발을 내려다보는데 눈썹 때문에 눈이 잘 안 보였습니다.
잠깐 말없이 있다가 나중에 조그맣게 말했습니다.
“돈이 필요해서요.”
“왜?” 류벤이 놀랐습니다.
“휴대전화를 갖고 싶어요. 모든 아이가 거의 갖고 있어요.”

"네 부모님이 휴대전화를 사줄 수 없니?" 류벤이 물었습니다.
"엄마는 일을 안 해요. 회사에서 나가라고 했대요. 아빠는 안 계세요. 누군지도 몰라요."
어린아이를 쳐다보다가 뒤에 다시 의자 위에 놓인 그림을 보고 천천히 말했습니다.
"좋아, 그림을 두 개 살 테니 계속 그리겠다고 약속해."
어린아이의 눈이 밝게 빛나기 시작했습니다.
"휴대전화를 가질 수 있을거야. 다른 꿈이 무엇인지 말해 줄래?"
어린아이는 조금도 주저하지 않고 곧바로 대답했습니다.
"어른이 되면 도시 미술관에서 전시회를 열 거예요. 모르는 우리 아빠가 와서 내 그림을 보실 것이고 내가 화가가 된 것을 아실 거예요."
"언젠간 너는 분명 큰 전시회를 열 것이고, 네 아빠는 꼭 보러 오실 거야." 류벤이 말했습니다.
"지금 이 두 개 풍경화를 가져갈게."
류벤은 의자로 가까이 가서 풍경화를 들고 루스란에게 얼마의 지폐를 주었습니다.
"너는 유명한 화가가 될 거라고 믿는다."
류벤이 말했습니다.

꿈의 사냥꾼

나는 결코 꿈의 사냥꾼을 잊을 수 없을 것이다. 그 사람은 키가 크고 길어 어깨까지 늘어지고 바다의 파도처럼 곱슬곱슬한 하얀 머리카락에 몸이 말랐다. 꿈의 사냥꾼은 우리 작은 도시에 매년 7월 26일 왔다. 에스페란토 박사가 교본을 낸 7월 26일이기 때문에 그 날짜를 잘 기억한다. 우리 작은 도시 7월 26일에 해마다 기도원 가까운 주요 광장에서 커다란 시장이 열린다. 그때 두 개의 여행용 가방을 가지고 와서, 꿈의 사냥꾼은 광장 위에서 여행용 손가방 열고 선글라스를 팔기 시작했다. 거의 스무 가지 종류의 남자, 여자, 어린이용 안경이 있다. 하루 내내 뜨거운 10월의 햇볕 아래 광장 위에 서 있다.

옆 작은 탁자 위에 거울이 있다.

꿈의 사냥꾼은 사람들이 거울 속에서 자신을 보는 것을 좋아하는 것을 잘 알고 거울에 대해 매우 조심스럽게 돌본다.

보통 많은 사람이 안경을 사러 온다.

꿈의 사냥꾼에게는 그것이 가장 큰 행복이다.

아주머니나 아가씨들에게 그들의 아름다움을 강조하는 놀라운 단어를 말한다. 요정과 님프에 비교하며 그들의 맑은 눈과 비단 같은 머리카락을 칭찬한다. 기뻐서 아주머니와 아가씨는 장미처럼 꽃이 피고 안경을 사고 날아갈 듯 떠난다. 저녁에

장날이 끝나면 사람들은 흩어지고 도시 광장은 조용해지며 그 위에 바람은 쓰레기, 더러운 플라스틱, 종이를 몰아내고 꿈의 사냥꾼은 큰 거울과 안경을 여행 가방에 넣고 떠났다. 천천히 광장 위를 걸으며 큰 키의 마른 형태는 긴 그림자를 던진다. 우리 아빠의 식당 호텔로 왔다.

들어올 때 우리 아빠는 곧 말했다.

"어서 오세요. 꿈의 사냥꾼. 다시 여기 오셔서 기뻐요. 올해는 오시지 않을 거로 생각했어요."

"왜요?" 꿈의 사냥꾼이 대답했다.

하얀 이빨은 강낭콩 꽃씨처럼 빛났다.

"언젠가 장날이 없을 수는 있겠지만, 나는 항상 올 거예요." 꿈의 사냥꾼은 어느 탁자에 앉았다. 아빠는 가장 좋은 포도주와 가장 맛있는 치즈를 가지고 왔다. 아빠는 꿈의 사냥꾼이 포도, 치즈를 좋아한다는 것을 안다. 꿈의 사냥꾼은 체리 색 넥타이 매듭을 조금 느슨하게 하고, 천천히 조용하게 먹고 마시기 시작했다. 항상 꿈의 사냥꾼은 회색 복장에 이미 유행이 지난 하얀 와이셔츠에 체리 색 넥타이를 맺는다. 아빠는 옆에 앉아 물었다.

"어디에 있었으며 어떤 꿈을 모았는지 이야기해 주세요."

꿈의 사냥꾼은 사랑스럽게 아빠를 바라보고 수수께끼처럼 빙긋 웃고 포도주를 조금 마시고 이야기를 시작했다. 우리, 아이들은 꿈의 사냥꾼이 전국을 다니며 안경을 팔고 여러 호텔에서 밤을 보내고 특별한 꿈을 꾼다고 알고 있다. 전에 잔 사람 호텔 침대에서 나중에 자면서, 그 사람의 꿈을 꾼다고 말했다. 그래서 우리는 꿈의 사냥꾼이라고 이름 지었다. 결코, 진짜 이름이 무엇인지 묻지 않았다.

"이야기해 주세요." 아빠가 참을 수 없어 부탁했다. 꿈의 사냥꾼은 천천히, 조용하게 말하기 시작했다. 목소리는 조금 부드럽고 시냇물 소리를 닮았다.

나는 지금 프로바디아라는 도시에서 왔어요.

거기서 호텔 '새벽'에서 묵었지요.

나는 전에 젊은 아가씨가 잔 침대에서 자면서 재미있는 꿈을 꾸었어요.

황금색 머리카락을 가진 아름다운 여자가 있었어요. 정거장에서 이미 떠나간 기차 뒤를 달렸어요. 달리고 달렸지만, 기차는 떠나갔어요. 정거장에 남았지요. 갑자기 여자 어깨 위에 크고 돛처럼 하얀 날개가 나타나는 것을 보았어요. 높이 높이 날아갔지요. 아래 기차가 어린아이의 장난감처럼 매우 작게 보였지요.

황금색 머리카락의 아가씨는 날고 날아서 양모 털을 묶어놓은 듯한 하얀 구름 속으로 사라졌어요.

다른 도시 타르노보에서, 30살로 보이는 외국에 사는 젊은이가 집에 돌아오는 꿈을 꾸었죠. 집에 돌아와 키 작고 마른 엄마에게 인사했지요.

그러나 엄마는 조용하고 인사를 안 해요. 엄마와 아들은 움직이지 않고 서로 마주 보고 서 있어요. 갑자기 엄마가 말을 시작했어요. 어떻게 그렇게 행동하니, 내 아들아. 왜 친구의 돈을 훔쳤니? 아들에게 엄마는 그것만 말했어요.
비딘이라는 도시에서 끈으로 만든 커다란 계단을 꿈꿨어요. 10살짜리 어린 남자아이가 겁 없이 하늘로 뻗은 이 계단 위로 갔어요. 가면서 웃고, 웃으면 크게 딸랑거리는 종소리가 났어요.

꿈의 사냥꾼이 꿈을 이야기하면 우리는 입을 벌리고 듣다 보니 어느새 자정이 된다. 마치 보이지 않는 안테나를 가져 그것으로 특별한 꿈을 느끼고, 깊고 놀랄만한 호수에서 퍼내는 듯하다. 듣다가 너무 늦어 더 이야기 들려달라고 고집할 수 없다. 꿈의 사냥꾼은 이야기를 그만두고 탁자에서 일어나 큰 여행 가방을 들고 방이 있는 2층으로 갔다.
"친구들, 잘 자. 나는 이 밤에 어떤 꿈을 꿀지 기대해." 우리는 쳐다보면서 커다란 여행 가방 안에는 안경이 아니라 수많은 기적의 꿈이 있는 듯 생각했다. 나는 내가 어렸을 때 기적의 꿈을 믿었는지 모르지만 꿈의 사냥꾼은 우리 앞에 놀라운 세계의 문을 열어 주고, 환상을 갖게 했다. 정말로 삶에서 우리에게 환상에 이르는 길을 가르쳐 줄 누군가가 반드시 있어야 한다.

보물

기적의 보물에 대해 보얀의 할아버지가 이야기하셨다.
“오래전 ‘성 니콜라스’ 섬에 언젠가 파견 대장 안겔의 엄청난 보물이 숨겨져 있단다.”
할아버지가 말씀하셨다.
“거기 수도원 아래 숨겨져 있어. 나는 정확히 어디에 있는지 알아. 그러나 아쉽게도 가질 수 없구나. 정말로 지금 섬은 군사 영토야. 조심해서 지키고 있고, 민간인은 거기 들어갈 수조차 없어.”
할아버지는 가끔 오래된 상자에서 지도가 그려진 누런 종이를 보여주셨다.
그것을 근시(近視)의 눈으로 쳐다보시고 흰 머리카락의 머리를 아쉬운 듯 흔드셨다.
“여기” 지도를 보여주시며 감정에 겨워 목소리가 떨렸다.
“여기가 섬이야.”
종이 위에 그려진 것은 이미 분명하지 않았지만, 할아버지는 그것을 슬그머니 보고도, 마치 외운 듯이 지도위의 모든 선, 십자표, 원, 점이 무엇을 의미하는지 아신다.
“이곳이 바다야.” 설명하셨다.
“이곳이 해안이고, 이 원이 섬이야. 여기에 수도원이 보이고, 그 오른쪽에 우물이 있어.
여기 이 작은 원, 우물 안에는 물이 없고, 오래전

부터 이미 말라 결코 물이 없단다.
보물을 찾기 원하는 자는 우물 속으로 들어가야 해. 거기에 동굴이 있고 거기를 통과해서 수도원 기도 장소 아래 보물 있는 곳으로 가. 거기에 돌로 만든 판이 있고, 그 위에 새겨진 십자가가 있지. 돌판 아래 보물이 있단다.
나는 잘 알지만, 그 섬에 갈 수가 없구나.
지금 군인이 지키고 있고 새들조차 거기 날아갈 수 없지."
보얀은 할아버지의 이야기를 잘 기억했고, 할아버지가 돌아가시자 지도를 몰래 숨겼다.
세월이 흘렀다.
보얀은 끊임없이 보물에 대해 생각했다.
그것을 꿈꾸고 몰래 섬에 들어가서 우물 속으로 내려가고 동굴 속을 통과해서 십자가가 새겨진 돌판을 발견하고 보물을 들고, 그 뒤 조용히 아무도 모르게 집으로 돌아오는 것을 상상했다.
어느 날 군인이 더 섬을 지키지 않는다고 알렸다.
거기에서 군사 기술장비와 기구들을 철거했다.
1년 뒤 섬의 수도원은 다시 새롭게 꾸몄다.
호텔과 현대적인 식당을 짓고 날마다 작은 배가 섬으로 관광객을 실어 날랐다.
'이제야 보물을 찾으러 갈 때가 왔구나' 보얀은 스스로 말했다.
낚싯배를 가지고 때때로 낚시하는 습관이 있다.
어느 밤 목적을 이루려고 섬으로 출발하기 위해

주의를 기울여 준비했다.
모든 필요한 것, 지도, 끈, 손전등, 도구를 챙겼다.
낚싯배가 있는 해안으로 가서 배를 바다로 밀어 노를 젓기 시작했다. 자정이 지나 섬에 도착한 뒤, 배를 작은 정박장에 묶고 조용히 수도원으로 걸어갔다. 오른쪽에 우물이 보였다.
어둡고 조용했다. 아무것도 볼 수 없고 아무 소리도 들리지 않았다.
오직 바다에서 단조로운 파도의 철썩거리는 소리만 날아왔다.
보얀은 끈을 묶고 우물로 내려가 동굴을 보고, 그 안으로 들어가 십자가가 새겨진 돌판이 있는 곳을 발견했다. 조금 힘겹게 돌판을 들고, 그 아래 상자를 보고, 그것을 열자 혼수상태에 빠졌다. 상자는 황금 동전이 가득했다. 놀라서 한 마디 소리도 낼 수 없었다. 살면서 그렇게 많은 황금 동전을 결코 본 적이 없다.
끝없는 기쁨이 보얀을 사로잡았다.
이미 어떻게 할 것인지 안다.
커다란 화려한 집, 현대적인 차, 빌라를 사고, 지금부터 삶은 행복하고 걱정이 없다.
황금 동전을, 가지고 온 큰 가방에 넣고 뒤로 나왔다.
마치 날개를 가진 듯 걷지 않고 날아갔다.
그러나, 들어간 동굴이 다른 동굴로 안내했고 나중에 세 번째 동굴로 이끌었다.

그래서 보얀은 진짜 방향을 잃었다.
돌아와 다시 앞으로 갔다.
그러나 도착했던 동굴이 없다. 여러 시간 갔다가 돌아오고, 다시 갔다가 했지만, 소용이 없다. 동굴에서 나올 수 없다. 지쳐서 쓰러져 결코 더는 동굴에서, 이 지옥 같은 미로에서 나가는 데 성공할 수 없음을 알았다.
아침에 보얀의 가족들은 보얀이 집에 없는 것을 보았지만 어디로 갔는지 모른다.
3일을 기다리다 경찰에 사라졌다고 알렸다.
경찰이 보얀을 찾았으나 효과가 없었다.
어디에서도 찾지 못했다.
오직 보얀의 낚싯배가 '성 니콜라스' 섬의 정박장에 묶인 채 남아있다.

특별한 제안

필립은 눈을 떴다.
처음에는 자기 둘레 모두가 하얀 듯 보였다.
'내가 어디 있지?' 궁금했다.
'내가 꿈을 꾸고 있나?'
그러나 꿈꾸지 않고 하얀 침대보에 덮여 침대에 누워있었다.
거의 모든 순간 침대 위에서 움직이지 않고 있다.
나중에 늙은 남자가 가까이 왔다.
대리석 바닥에 슬리퍼 끄는 소리를 들었다.
남자는 필립 위로 숙이더니 빙긋 웃었다.
대략 70세로 짙은 흰 머리, 회색 수염, 빛나는 검은 눈을 가졌다.
"마침내 일어났군." 조용히 말하자 필립은 목소리에서 따뜻함, 걱정하는 마음을 느꼈다.
발음이 이상했다.
"몸은 어때요?" 모르는 남자가 큰 눈으로 필립을 보면서 물었다.
무엇이라고 말을 하려고 했지만, 힘이 없어 눈만 깜빡했다.
"깨어났군. 깨어났어." 남자는 되풀이했다.
몇 분 뒤 서로를 쳐다보고 필립이 간신히 입을 열었다.
"여기가 어디예요?"
"병원이죠." 남자가 대답했다.

"병원이요? 무슨 일이죠?"

"기억이 안 나나요? 사고가 나서 일주일 전에 여기로 왔어요. 하나님의 은혜로 깨어났네요.

위험한 고비는 지나갔어요."

"어느 병원이지요?" 필립이 물었다.

"테살로니카에 있는 시립 병원이에요."

"테살로니카?" 필립은 되풀이하고 천천히 무슨 일이 있었는지 기억하기 시작했다.

친구 안토, 미로와 함께 필립은 자동차를 타고 그리스로 여행했다.

안토는 소피아에서 판매점을 하면서 아테네에서 상품을 사야 한다.

필립과 미로는 안토를 따라 왔다.

아테네에서 돌아오는 길에 몇 군데 그리스 도시를 방문했다.

유쾌한 여행이었다. 그러나 테살로니카 근처에서 자동차가 다른 차와 부딪쳤다.

안토와 미로는 다행히 상처를 입지 않았지만, 필립은 크게 다쳐 정신을 잃었다.

"이미 일주일 동안 병원에 있었어요." 늙은이가 설명했다.

"내 친구는 어디 있죠?"

"모두 건강하고, 당신을 보러 왔지만, 그리스에서 더 머물 수 없었죠.

돈이 떨어져 불가리아로 가면서 당신을 돌봐달라고 내게 맡겼어요."

"감사합니다."
"내게 아니라 구해주신 하나님께 하세요."
이틀 뒤 필립은 앉기 시작했고 방에서 몇 걸음 걸었다.
코스타스 아저씨라고 불리는 늙은이는 계속 돌보며, 물도 주고, 도와주고, 필립이 방에서 걷는 동안 붙잡아 주었다.
"아저씨." 필립이 물었다.
"불가리아 말을 잘 하시네요. 그런데 발음이 조금 이상해요. 어디에서 배웠어요?"
"할머니한테 배웠어요. 그러나 돌아가시자 다 잊었지요. 어머니가 불가리아 말로 말하는 것을 싫어해서. 그러나 지금 젊은이와 함께 그 말을 다시 하기 시작했어요."
"왜 병원에 계세요?" 필립이 물었다.
"나는 오래된 병이 있어요. 위가 아파서 때로 여기서 치료해요."
날마다 의사들이 환자를 방문해서 필립은 언제 병원에서 나갈 수 있냐고 물었다.
의사들은 아주 건강해졌다고 확신하도록 아직 며칠 더 머물러야 한다고 대답했다.
밖에 있는 나무들은 푸르렀다. 하늘은 투명하게 파랗고 햇볕은 폭포수 같다.
필립은 빨리 병원을 나와 불가리아로 돌아가고 싶었다.
날마다 친구들이 전화해서 필립이 이제 건강해졌

다고 기뻐했다.
오후에 필립과 코스타스 아저씨는 병원 가까운 공원으로 습관적으로 산책한다.
의자에 앉아 대화한다.
필립은 자신과 소피아에 관해 이야기한다.
필립은 컴퓨터 분야 기술자로, 소피아에 지인이나 친구가 많이 없다고 아저씨에게 말했다.
올리브 나무 아래 의자에 앉아 코스타스 아저씨는 필립을 쳐다보며 천천히 말했다.
"필립, 뭔가 말하고 싶어요."
"말하세요. 아저씨." 필립이 빙긋 웃었다.
"딸 이야긴데, 30살 된 딸이 하나 있어요. 이름이 이리나예요. 내 아내는 5년 전에 죽었지요. 이리나는 아테네에 살면서 일하고 있는데 아직 미혼이라 걱정돼요. 이미 결혼해서 아이도 있어야 하는데 나는 늙었고 손자를 보고 싶어요. 나는 얼마나 더 살지 몰라요. 내 딸을 만나 결혼하기를 원해요."
필립은 놀라서 쳐다보았다
"진지하게 말씀하세요. 코스타스 아저씨."
"맞아요. 내 딸은 예뻐요. 곧 보겠죠. 며칠 뒤 병원에 올 거예요."
"그러나 우리는 서로 몰라요. 이리나 마음에 안 들 수 있어요." 필립이 말했다.
"당신이 마음에 든대요. 전화로 딸에게 당신은 꽤 훌륭한 청년이고, 잘 교육받았고, 지적이라고 말했어요."

"그러나 코스타스 아저씨. 너무 걱정하지 마세요. 아저씨와 이리나는 잘 살 거예요. 가정에 부족한 것이 없어요."

"나는 올리브 나무숲과 오렌지 정원을 가지고 있어요. 여기 테살로니카에 큰 집이 있고 아테네에는 값비싼 아파트가 있어요. 돈도 많아요. 누군가 유산을 받아야 하는데 아쉽게도 아직 이리나는 결혼하지 않았어요. 혼자 사는 것을 원치 않아요. 반드시 좋은 남편을 찾아야 해요. 그래서 당신에게 말하려고 결심했죠. 당신은 좋은 청년이고 불가리아 사람이에요. 나와 이리나 안에는 불가리아 피가 있어요. 당신도 자녀를 가질 것이고 그러면 우리 종족을 이어 가겠지요. 예라고 말해 줘요. 당신은 이리나 마음에 들어요. 이리나는 나를 닮았어요. 당신 같은 남자가 이리나는 마음에 들어요. 당신은 마르고 키가 크고 파란 눈에 밝은 머리카락을 가졌어요. 이리나는 나와 닮았어요. 검은 눈과 검은 머리카락을 가졌지요."

"코스타스 아저씨, 모든 것을 생각하였지만 저는 그리스에서 사는 것을 좋아하지 않습니다."

"당신은 결혼하지 않았죠?"

"예." 필립이 대답했다.

"그럼 문제가 아닙니다. 사람은 잘 지내는 곳에 살아요. 여기에 모든 것을 가지고 있어요. 당신과 이리나는 테살로니카나 아테네 어디서든 살 수 있어요. 당신 가정의 삶을 괴롭히지 않아요. 둘은 행복하고 자녀도 있고 서로 잘 이해할 거예요.”
코스타스 아저씨는 조용해졌다.
“아버지가 되는 것은 책임감이 필요해요.” 필립은 오래도록 생각했다.
아버지는 자녀가 잘되라고 돌본다. 코스타스 아저씨는 이리나가 아직 결혼하지 않아 걱정했다. 아저씨는 손자를 원한다. 아저씨는 일하고 집과 정원을 가지고 있다. 자연스럽게 누가 자기 일을 계속 이어가고 살면서 얻은 것을 잘 돌보기 원한다.
이틀 뒤 아버지를 보기 위해 이리나가 병원에 왔다. 코스타스 아저씨는 필립을 딸에게 소개했다.
정말로 이리나는 아름답고 날씬한 몸매에 역청 색깔의 긴 머리카락, 코스타스 아저씨의 눈처럼 빛나는 눈을 하고 있지만 가장 아름다운 것은 친절하고 좋은 인상을 주는 웃음이었다. 이리나는 대략 30살에 달콤한 즙이 있는 익은 과일에 딱 맞는 나이였다.
이리나는 불가리아 말을 몰라 필립과 서로 영어로 이야기했다. 이리나는 필립에게 어떻게 지내는지, 무엇을 도와드릴 것인지 물었다.
이리나는 필립이 병원에서 나간 뒤 며칠간 테살로니카에 있는 아빠 집에서 머물기를 원했다. 이리나는 아빠가 필립에 관해 이야기했고 필립을 아들처럼 좋아한다고 말했다. 코스타스 아저씨는 그들 옆에 앉아 그들의 이야기를 들었다. 비록 영어를 이해하지 못할지라도 얼굴에는 끝없는 행복이 보인다.
다음날 필립의 친구 안토가 왔다. 필립은 소피아로 돌아갈 준비를 했다. 코스타스 아저씨에게 헤어지는 인사를 했다. 아저씨는 작은 쪽지를 주며 말했다.
“여기 주소와 전화번호가 있어요. 깊이 생각하고 결심하면 오세요. 우리는 큰 결혼 축하를 할 거예요.”
“정말 감사합니다. 코스타스 아저씨. 모든 것에 감사합니다. 도와주고 돌봐주셔서. 아저씨나 이리나에게 거짓말을 하고 싶지 않아요. 진지하게 제안을 받아들일 수 없다고 말씀드립니다. 저는 친척을 떠나 여기 살기 위해 올 수 없습니다. 모든 나무는 심은 곳에서 자란다는 것을 아실 것입니다.” 필립이 말했다.
“예. 맞아요. 건강하고 잊지 마세요. 불가리아까지 좋은 여행이 되기를 바라요.” 아저씨가 말했다.
필립은 아저씨의 손을 잡고 쳐다보며 다시 눈에서, 병원 입원실에서 처음 아저씨가 말을 걸었을 때 본 사랑의 마음을 알아차렸다.

듀코브 씨와 인형

모든 일은 7월 오후에 시작되었다.
듀코브는 집으로 서둘렀다.
땀이 나고 목이 아파, 집에 돌아와서 곧 옷을 벗고 차가운 물이 시원하게 해주는 욕실에 들어가려고 계획했다. 길 위를 걷다가 무엇이 멈추게 해서, 옆으로 지나가던 가게 진열장을 보았다.
작은 고물가게 진열장이었다.
보통 작은 고물가게 진열장에는 오래된 책, 꽃병, 그림, 음악기구, 촛불 꽂이 같은 수 없는 물건이 있다. 그런데 진열장에는 어린이용 인형이 하나 있었는데, 정말로 그것이 듀코브의 관심을 끌었다. 더 자세히 인형을 보려고 멈췄다. 지금까지 인형에 관심이 없었다.
자녀도 손자도 없다. 어린아이였을 때 어린이를 위한 장난감을 가지고 놀았다. 나무총, 어린이용 트럭, 어린이용 활, 더 정확히 말하면 장난감, 가끔 그것을 가지고 놀았다.
아버지는 진지하고 엄격하여 놀기를 원하지 않았다.
아주 어릴 때부터 벌써 읽도록 가르쳤고. 열심히 읽고 난 뒤에 아버지에게 내용을 말하라고 책을 사 주셨다. 그래서 어린 시절은 책을 읽으며 지나가, 좋아하는 장난감을 가졌는지 아닌지 기억나지 않는다. 지금 듀코브는 주의를 기울여 인형을 바라보았다. 대략 50cm 높이에 금발이고, 비단처럼 부드럽고 밝은 푸른색 눈, 빛나는 천으로 된 길고 파란 외투를 입었다.
인형의 매끈한 얼굴은 친절하게 보이고 빙긋 웃는 듯 듀코브에게 보였다.
부드러운 입술은 조금 열려 있어, 작은 진주 같은 이빨을 볼 수 있다.
인형의 오른쪽 팔에는 이름인 듯 '소냐'라고 쓰여 있는 이름표가 있다.
몇 분 동안 움직이지 않고 진열대 앞에 서 있으면서, 왜 그렇게 주의해서 인형을 살피고 있는지 설명할 수 없다. 비꼬듯이 '입을 딱 벌리고 있는 사람'이라고 자신을 이름 지었다.
이윽고 가려고 몸을 돌리다가 곧 다시 멈추었다.
마치 인형이 눈으로 윙크하는 듯했다.
듀코브는 살짝 웃었다.
'아마 해가 너무 세서 힘들거나 몸 상태가 좋지 않구나' 하고 생각했다.
인형을 쳐다보았다. 아니다. 불가능하다.
인형은 움직이지 않았다.
다시 가려고 하자 인형이 눈으로 윙크했다.
듀코브는 인형이 오른쪽 눈으로 윙크했고 그것은 전혀 의심할 여지가 없다.
듀코브는 생각에 빠졌다. 아마 인형에는 어떤 장치가 있어, 때때로 눈으로 윙크하는 듯했다. 호기심이 들어, 가게 안으로 들어가 더 자세히 인형을 살펴보리라고 마음먹었다.
문을 열고 선반에 여러 가지 물건이 있는 가게 안쪽으로 들어갔다.
마치 아무도 없는 듯했으나, 갑자기 어느 구석에서 친절하게 인사하는 늙은 사람이 나타났다.
“안녕하세요. 손님, 무엇을 원하나요?”
듀코브는 무엇을 원한다고 바로 말할 수 없어 그냥 물었다.
“진열장에 있는 인형을 볼 수 있을까요?”
“물론입니다.” 대답하고 손쉽게 움직여 인형을 가지러 진열장으로 다가갔다.
그러면서 말했다.
“이 인형은 독특합니다. 전쟁 중 지난 세기 40년간 독일에서 만들었어요. ‘파뇨’라고 발음을 내고, ‘소냐’라는 이름을 가졌어요.”
노인은 팔 위에 있는 이름표를 보여주었다.
나중에 인형 쪽으로 조금 몸을 숙이자 인형이 ‘파뇨’라고 소리 냈다.
“인형이 눈으로 윙크합니까?” 듀코브가 물었다.
노인은 당황한 채 듀코브를 쳐다보았다. 무슨 말인지 이해하지 못했다.
“눈으로 윙크합니까?” 듀코브가 되풀이했다.
“아니요. 전혀 아닙니다.” 상인이 대답했다.
“이것은 인형이지 사람이 아닙니다. 눈으로 윙크할 수 없어요.”
“내가 밖에 있을 때 진열대 앞에서, 그것이 눈으

로 윙크하는 것을 매우 잘 보았어요."
듀코브가 말했다.
놀라서 듀코브를 보더니 정말로 정신이 이상하다고 생각했다.
노인의 회색 작은 눈에는 두려움이 나타났다. 상인에게 자신이 정말 정상이라고 알리기 위해 듀코브는 왜 인형이 혼자 진열장에 있냐고 물었다.
"빨리 팔기를 원합니다." 노인이 대답했다.
"나는 아는 가족에게 꼭 판다고 약속해서 오직 그것만 진열장에 두었어요."
"얼마예요?" 듀코브가 물었다.
노인은 값을 말하고 듀코브는 뜻하지 않게 바람소리를 냈다.
"너무 비싸요? 예, 그것이 독특하다고 말했지요. 오래전부터 이미 그런 인형은 없었어요. 정말로 세계에서 오직 세 개나 네 개 비슷한 거 있어요."
"감사합니다. 매우 친절하군요. 안녕히 계세요."
듀코브는 말하고 빨리 가게를 나왔다.
집으로 돌아와 계획했던 대로 욕실로 들어가 매우 시원하게 몸을 씻었다.
그 뒤에 방에 앉아 가져온 신문을 펼쳤다.
해가 지기 시작할 때 듀코브는 조금 산책을 하러 집을 나섰다.
가까운 공원에서 오래된 아까시나무의 그림자 아래 있는 의자에 앉았다.
듀코브는 혼자 산다. 가족도 없다. 젊어서 결혼하

지 않았다. 나중에 후회했다. 조금씩 혼자 사는 데 익숙해졌다. 하루 일정은 정확하여 무엇도 자신을 흔들 수 없다.

공원에 있는 동안 인형을 잊었다. 저녁에 집으로 돌아와 조금 TV 뉴스를 보고 뒤에 잤다.

습관적으로 일찍 잔다. 이날 밤에 다시 눈으로 윙크하는 인형 꿈을 꾸었다.

듀코브는 깨어나 아침까지 다시 잠을 이룰 수 없었다.

하루 내내 인형에 대해 생각이 나서 다른 일을 할 수 없고 전혀 자유롭지 못했다.

3일 동안 밤마다 인형 꿈을 꾸었다.

4일째 가게에 가서 인형을 샀다.

회색 눈의 노인은 한없이 행복해서 인형을 싸는 동안 말하는 것을 멈추지 않았다.

“손님. 독특한 인형을 사셨어요. 준 돈이 헛되지 않을 겁니다. 손녀가 매우 좋아할 거예요.“

듀코브는 인형을 들고 길에서 비웃을 아는 사람이라도 만나지 않으려고 집으로 서둘렀다. 집에서 TV 옆 옷장 위에 인형을 놓고 잊으려고 했다.

그러나 이 순간부터 삶이 바뀌었다.

집에 있을 때는 인형이 빙긋 웃고 눈으로 윙크했다. 그러나 가끔 집에 없다가 돌아오면 인형이 불친절하게 화난 듯이 쳐다본다.

첫날 듀코브는 그렇게 보인다고 생각했으나 다음에 틀리지 않았다고 확신했다.

인형이 말을 한다고까지 느껴졌다. 소리 없이, 단어도 없이 말한다.
하지만 듀코브는 모든 것을 알아들었다. 인형은 많은 어린 여자아이가 자기를 가져서 여러 가정에서 살았는데, 그중 일부는 매우 부자였다고 이야기했다.
"사람들은 좋기도 하지만 나빠요."
가장 재미있는 것은 어느 가족의 이야기인데, 어린 여자아이의 아빠는 죽었다.
엄마가 새로 결혼한 남자는 어린 여자아이를 좋아하지 않아서 가끔 뺨을 때렸다.
인형은 그 남자에게 좋은 교훈을 주기로 마음먹었다.
아빠가 어린 여자에게 뺨을 때릴 때 인형이 쳐다보자, 아빠의 오른팔이 움직이지 않고 늘어졌다. 일주일 내내 숟가락이나 포크도 들 수 없고 이유가 무엇인지 모르지만, 뺨 때리는 것을 더 못 했다. 듀코브는 인형이 풍부한 상상을 가졌는지 아니면 자신의 무의식에 이런 이야기를 생각해냈는지 궁금했다.
여러 날 동안 혼란스러워지면서 꿈꾸는지, 정신 이상한지, 모든 것이 현실인지 알지 못했다. 한 번은 일주일 휴가를 받아 바다에 가기로 했다.
출발하려고 준비하는데 인형이 화가 나서 쳐다보았다.
그것을 알지 못하는 척했다.

일주일 만에 돌아오자 인형이 집에 없었다.
어떻게 사라졌는지 알지 못한다.
사는 집안 구석구석을 찾았다.
책상 아래, 침대 밑 어디에서도 찾을 수 없다.
이날부터 속을 태우게 되었다. 정말 가장 사랑하는 친구를 잃은 것이다.

바이올리니스트

가을이다. 서늘한 황금빛 가을이다. 창문 앞의 오래된 밤나무 잎들이 눈물처럼 떨어진다.
방은 조용하다. 슬라바는 창가에 서서 떨어지는 밤나무 잎을 센다.
단지 며칠 전만 해도 잎들은 금빛에 빨갛고 갈색이었다.
지금 헐벗은 검은 가지는 하늘로 간절히 원하여 뻗은 팔과 같다.
나무는 그녀처럼 슬프고 외롭다. 이미 오랫동안 슬라바는 혼자 살고 있다.
사랑했던 사람들은 하나둘 차례대로 죽었다. 그들은 나뭇잎처럼 차가운 바람에 의해 어딘가로 쫓겨 멀리 날아갔다.
오직 슬라바의 딸 엘카만 남았지만, 바다와 대양을 넘어 멀리 떨어져 살고 있다.
그러나 며칠 전부터 모든 것이 변했다.
엘카가 돌아왔다.
멀리서 마치 가을 나뭇잎처럼 날아왔다.
오늘 슬라바는 엘카가 집으로 오기를 기다린다.
갑자기 열쇠가 철컥 소리가 나며 방으로 엘카가 들어온다. 얼마나 예쁜지!
딸이 이미 성인이라는 것이 중요하지 않다. 언제나처럼 엘카는 빙긋 웃었다.
올리브 빛 검은 눈은 빛나고 검은 머리카락은 비

록 여기저기 은색 실처럼 흰 머리카락이 보이지만 아직 숱이 많다.
엘카가 말했다. "엄마, 관현악 연주회 표를 샀어요. 음악을 매우 좋아하시지만, 오랫동안 연주회에 못 가신 것을 알아요."
"나는 걷기 힘들고 내 다리가 아프다는 것을 알지. 어떻게 연주회에 가겠니?"
슬라바는 알았다.
"그것은 걱정하지 마세요. 택시 타고 갈게요. 내가 옆에 있을게요. 이 작은 기쁨을 선물하고 싶어요."
"알았다." 슬라바는 말하며 행복에 겨워 얼굴이 빛났다.
관현악 연주회. 실로 수년 만에 관현악 연주회를 보고 연주를 들을 것이다.
기쁨이 슬라바를 위로 들어 올리고 바다의 파도처럼 어루만진다.
정말로 다시 좋아하는 음악을 듣고, 다시 관현악의 매력 속에서 놀라운 화음에 깊이 잠길 것이다.
마음을 따뜻하게 하는 깊은 즐거움을 느낀다. 감정이 솟구친다.
'무엇을 입고 어떤 옷에 어떤 신발을 신을까?'
옷은 이미 오래전에 유행이 지났고 신은 낡았으나 누가 슬라바를 쳐다볼까?
슬라바는 마르고 창백한 얼굴에, 파란 구름 같은 눈을 가진 키도 작은 여자다.
연주회 장소는 사람이 가득하여 벌집처럼 웅성거

린다.
모두가 시작을 기다리지만 가장 참을 수 없는 사람은 슬라바다.
떨면서 힘겹게 숨을 쉬고 난로 옆에 있는 것처럼 뜨거움을 느낀다.
연주회장의 시끄러운 소리가 조용해졌다.
무대 위로 지휘자가 나온다. 관객들에게 조금 숙여 인사한 뒤 관현악단 쪽으로 몸을 돌리고 음악이 남쪽의 바람처럼 날아간다.
슬라바의 눈에 눈물이 흐른다. 관현악이 차례대로 연주한다.
젊은 바이올리니스트가 연주를 시작한다.
바이올린이 잔잔한 바다의 조용한 파도 소리처럼 부드러운 음색을 보인다.
슬라바는 바이올리니스트를 쳐다보다가 그 남자를 아는 듯 생각했다.
'그러나 어디서, 언제?
불가능하다. 그 사람은 정말 젊었다.
어디서, 언제 그 남자를 보았을까?'
그는 꽤 재능이 있다.
갑자기 눈앞에 마치 보이지 않는 휘장이 열린 듯했다.
슬라바는 오래전부터 여러 해 동안 도시의 중앙로에 있는 음악 판매점에서 판매원이었다.
많은 사람이 음악 디스크를 사러 가게에 왔지만 사기 전에 듣기를 원했다.

가게에는 가끔 5, 6세 정도의 어린 남자아이가 왔다. 구석에 서서 1시간 정도 디스크에서 음악을 들었다. 한 번은 슬라바가 물었다.
"네 이름이 뭐니?"
"바스코입니다." 어린아이가 대답했다.
"왜 가게에 오니? 아이들과 놀지 않고."
"음악 듣기를 좋아해요." 대답하고 곱슬머리를 숙였다.
"알았다, 엄마에게 이리로 오시라고 말씀드려라. 엄마와 이야기하고 싶구나."
그때 바스코는 큰 눈으로 슬라바를 쳐다보았다.
다음날 바스코 엄마가 가게에 왔다.
"아주머니" 슬라브가 말을 꺼냈다.
"아들이 음악을 매우 좋아해요. 반드시 음악과 관련된 일을 해야 해요."
바스코 엄마는 놀랐다.
"음악을 좋아한다는 것을 전혀 몰랐어요. 나와 남편은 음악을 좋아하지 않아요. 나는 바느질하고 남편은 운전사예요."
"아들은 반드시 음악을 배워야 해요." 슬라바가 말했다.
몇 년 뒤 바스코가 음악 학교에서 배운다는 것을 알았다.
지금 사람이 가득 찬 연주회장에서 슬라바 앞에서 무대 위에 서 바이올린을 연주한다.
슬라바는 작게 속삭였다.

"바스코야, 네가 유명한 바이올리니스트가 되도록 나 역시 한몫을 한 듯하구나."

큰불

밀코 아저씨는 작은 길 '시링고' 윗쪽 마을 변두리에 살았다. 70살에 키가 크고 산의 호수처럼 파란 눈을 가지고 활기차다.
아침부터 저녁까지 집 마당에서 일했다.
풀을 베고 과일나무 가지를 치고 채소에 물을 준다.
밀코 아저씨 집 옆에는 형 디코의 집이 있다.
그러나 형 부부는 5년 전 돌아가시고 지금 집에는 아무도 살지 않는다.
그래서 집과 마당은 사막 같다.
어느 일요일 아침, 밀코 아저씨는 형 집 마당에서 남자를 보았다.
'누구지?' 밀코 아저씨가 혼잣말했다.
이웃 마당에서 헤매는 남자가 누구인지 보려고 곧 나갔다.
밀코 아저씨는 마당으로 들어갔다.
모르는 남자는 집 앞 계단에 서 있다.
밀코 아저씨는 가까이 갈 때, 남자가 조카, 형의 아들이라는 것을 확신했다.
"에프팀이니?" 밀코 아저씨는 기뻤다.
"너를 잘 보지 못해 도둑이 마당에 들어왔다고 생각했구나."
"저예요, 작은아버지." 에프팀이 말했다.
"어떻게 지내니? 오랜만에 여기 왔구나. 네 부모

님 돌아가신 지 5년이 지났구나."
"예. 여기에 빌라를 지으려고 마음을 먹고 집과 마당을 둘러보려고 왔어요."
에프팀은 40살로 키 크고 힘이 세고 밀코 아저씨처럼 파란 눈을 가졌다.
지금 청바지와 푸른 스포츠 잠바를 입었다.
"매우 잘 되었구나. 사랑하는 조카야. 이곳은 네 부모의 집이니 네가 잘 돌보아야 해."
밀코 아저씨가 말했다.
아저씨와 조카는 조금 이야기를 나누고 에프팀은 갔다.
밀코 아저씨는 에프팀이 여기에 빌라를 짓는다고 해서 기뻤다.
"나는 이웃에 조카를 둘 거야."
밀코 아저씨가 말했다.
"여기에 가족과 함께 올 것이고 가끔 우리는 같이 있을 거야."
밀코 아저씨는 조카에 대해 자랑스러웠다. 에프팀은 대도시에 살고 유명하고 부자며 큰 철공장 관리자다. 텔레비전에서 인터뷰도 가끔 한다. 중요한 상품의 수입과 수출에 관해 말했다. 한 달 뒤 에프팀은 빌라를 짓기 시작했다.
처음에 오래된 부모의 집을 철거하며 큰 공사를 했다. 불도저, 건축재료를 나르는 큰 트럭, 많은 일꾼이 있다. 공사는 이 년이 걸렸다.
어느 날 에프팀은 밀코 아저씨에게 와서 말했다.

"작은아버지, 빌라건축 계획에 들어있어 마당 일부를 가져야 합니다."
그것은 전혀 밀코 아저씨 마음에 들지 않았지만 동의했다.
정말 에프팀은 조카이고 서로 싸우기를 원치 않았다. 그렇게 에프팀은 마당을 더 넓혔다.
마침내 빌라가 다 지어졌다. 커다란 빌라, 주차장, 정자, 마당에 큰 풀장, 꽃 정원, 과일나무가 있는 3층짜리다. 그렇게 화려한 빌라를 밀코 아저씨는 보지 못했다.
그러나 에프팀은 밀코 아저씨의 마당에서뿐 아니라 '시링고' 길에서도 똑같이 땅을 일부 가져갔다.
그것이 밀코 아저씨를 매우 화나게 했다.
"에프팀, 무엇을 하니?" 밀코가 말했다.
"왜 길에서 땅을 가져가 마당을 넓혔니?"
"빌라의 오래된 계획에 따라 거기까지입니다."
그리고 에프팀은 길을 보여주었다.
"아버지의 한 구획이고 지금 제가 다시 찾았어요.
그 외에도 제 빌라는 길에서 마지막입니다."
"그러나 길은 숲으로 이어진다." 밀코 아저씨가 설명했다.
"중요하지 않습니다." 에프팀이 대답했다.
"숲으로 가려면 집 뒤에 있는 다른 길로 가야죠."
밀코 아저씨는 오로지 말없이 에프팀을 보고 혼자 말했다.
'사람의 마음은 욕심 있고 만족할 수 없다. 가능하

다면 전 세계를 정복할 것이다.'
에프팀은 커다란 철 울타리를 만들어 길의 절반을 막았다.
올해 여름에는 비가 없었다.
두 달 7월, 8월에 비가 오지 않았다.
모든 것이 말랐다.
정원에 물을 주었지만, 채소는 시들었다.
어느 밤 소음과 외침 때문에 밀코 아저씨는 잠에서 깼다.
침대에서 뛰어 창을 쳐다보았다. 에프팀의 빌라에서 100m에 있는 숲이 불에 탔다.
처음 큰불을 본 이웃 사람이 불을 끄려고 했지만 성공하지 못했다.
누가 소방서에 전화했고 얼마 뒤 소방차가 왔다.
그러나 에프팀의 울타리가 길을 막아 숲으로 갈 수 없었다.
소방차는 돌아가느라 시간을 놓쳤다.
그러나 불은 기다려 주지 않았다.
커다란 혀처럼 불꽃은 빠르게 다가왔다.
에프팀의 울타리에 도착하고 마당으로 들어와 마른 풀이 금세 탔다.
불꽃은 빌라를 태웠다.
다행히 안에는 아무도 없었다.
소방대원도 불을 끄는 데 성공하지 못했다.
빌라는 아무것도 남지 않고 오직 몇 개의 벽만 남았다.

밀코 아저씨는 불을 쳐다보며 조용히 속삭였다.
“에프팀, 내가 길을 막지 말라고 말했지. 그러나 너는 내 충고를 듣고 싶지 않았지.”

부러움

막달레나는 힘이 넘치고 능숙하고 모든 어려운 문제를 푸는 능력이 있다.
남편도 없고 오직 아들만 돌보고 이미 늙으신 부모님을 돕는다.
아이용 장난감 공장에서 일하는데 모두가 막달레나를 존경한다.
경험이 많은 일꾼이며 재빠르게 움직이고 함께 일하는 여자들을 도와준다.
공장에서 가장 나이든 키나 아주머니는 가끔 말한다.
"막달레나야, 너는 정말 예쁘구나. 아름답고 경험도 많고 능숙하고 항상 사랑스럽게 웃고.
왜 다시 결혼하지 않니? 정말로 너를 도와줄 남편이 있어야 해."
"언젠가 하겠지요. 키나 아줌마." 막달레나가 대답했다.
"그러나 일 때문에 남편을 찾을 시간이 없어요."
하지만 어느 날 아이용 장난감 공장이 문을 닫아서 막달레나는 더는 일 하지 못했다.
막달레나 부모님은 정말로 걱정이 되었다.
막달레나 엄마가 말했다.
"지금 어떻게 사니? 너는 이제는 일하지 않고 우리 연금은 적어 너를 도와줄 수 없구나."
"엄마, 걱정하지 마세요. 저는 항상 문제를 푸는

데 성공했어요. 똑같이 지금 이겨 낼 거예요. 일거리를 찾으면 반드시 있을 거예요."

그리고 막달레나는 빨리 문제를 해결했다.

거주지역에 작은 식품 판매장이 있는데, 막달레나는 그것을 빌려 빵, 치즈, 소시지, 절인 물건을 살 수 있는 판매점에서 판매원이 되었다.

가게 오는 사람들을 친절하게 웃으며 만나고 잘 대해서 많은 사람이 막달레나 가게에서 사기를 좋아했다.

이번 겨울은 추웠다.

큰 눈이 내려 거리는 미끄러웠다. 북쪽 바람이 늑대처럼 소리를 냈다.

거주지역에는 추운 날에 어딘가 피난처를 찾으려는 몇 명의 노숙자가 있다.

그들은 길 위를 헤매다가 찻집이나 술집에 들어갔다. 가끔 인도 위에 서서 구걸을 했다.

어쩌다 그들 중 누구는 막달레나 가게에 들어와 누더기에서 빵을 사기 위해 약간의 동전을 꺼냈다. 그것 때문에 막달레나는 속이 상했다. 가끔 돈을 받지 않고 노숙자에게 빵을 주었다. 사람들은 놀라서 왜 돈을 받지 않고 빵을 주느냐고 물었다.

그러나 막달레나는 습관적으로 대답했다.

"정말로 나는 더 가난해지지 않을 거예요."

가끔 막달레나는 노숙자를 도우려고 마음먹었다.

가게 진열장 위에 커다란 종이판을 놓았다.

'노숙자들을 위해 빵은 공짜'

많은 사람이 이 종이판에 대해 알고 도시의 다른 지역 노숙자들도 오기 시작했다.
그러나 마치 종이판이 기적의 힘을 가진 듯 막달레나 가게 손님도 많아졌다.
막달레나를 부러워하기 시작한 이웃 가게 주인들은 이 사실을 알아차렸다.
어느 날 아침 나쁜 소식이 지역에 퍼졌다.
저녁에 막달레나 가게에 불이 났다.
이것은 막달레나 부모를 매우 괴롭게 했다.
엄마는 우셨다.
"막달레나, 지금 무엇을 할까? 불태운 것은 가게가 아니라 너 자신이다."
그러나 막달레나는 엄마를 쳐다보며 단순하게 말했다.
"엄마, 울지 마세요. 나는 많은 사람을 도왔어요.
분명 나를 도와줄 누군가가 있을 거예요.
하나님은 좋은 분입니다."

가장 아름다운 추억

거주지는 작다. 몇 개의 길, 마당 가진 건물, 마당에는 겨울에 부드러운 눈으로 하얀 모자를 쓴 꽃과 과일나무들이 있다. 아침부터 저녁까지 거리에서 아이들을 볼 수 있다. 그들은 놀고 달리고 소리쳤다.
가끔 밀라는 어린 시절, 멀리 지나간, 먼 걱정 없던 날들을 기억했다. 그 이후 많은 세월이 흘렀다. 지금 거주지는 마치 사람이 없는 듯 조용하고, 그 당시 아이들은 이미 성인이 되어 결혼하고 가을의 거머리처럼 어딘가로 사라졌다.
그러나 밀라는 그때 어린이 놀이를 잊을 수 없다. 저녁에 아이들은 밀라 집 앞에서 습관적으로 모여 무서운 믿을 수 없는 이야기들을 서로 했다. 그러나 즐겁고 웃길 만한 일을 더 자주 했다.
한 번은 이웃집에 사는 자하리라는 남자아이가 가장 기쁜 일을 모두 이야기하자고 제안했다. 자하리는 나보다 나이가 조금 더 많고 다른 남자아이와 같지 않았다.
놀이를 매우 좋아하지 않고 훨씬 많이 책을 읽고, 읽은 것을 이야기해서, 아이들은 그것을 주의하여 조용히 들었다. 밀라는 이미 다른 아이들이 말한 것을 기억하지 못한다.
그러나 자하리가 무엇이 가장 기뻤냐고 물었을 때 어느 성탄절 잔치에서 2학년 학생일 때 아파서 집에 머물러야 해서 아이들과 함께 놀 수 없었다고 이야기하기 시작했다. 슬퍼서 아침에 성탄절 앞날 일어나서 창을 쳐다보다가 마당의 전나무가 성탄 장식품으로 꾸며진 것을 보았다. 많은 색깔의 작은 전구들이 푸른 가지 위해서 불을 밝혔다. 그것이 매우 놀랍고 기뻤다. 전나무는 빛나는 별과 같고 눈으로 덮인 모든 마당은 기적의 동화처럼 있다. 나중에 엄마가 밤에 몰래 전나무를 꾸민 것을 알았다. 이 어렸을 때의 기억을 결코 잊을 수 없다. 지금조차 더 키가 크고, 더 커지고, 더 푸르른 전나무가 있는 마당을 가끔 쳐다본다.
오래전부터 밀라의 자녀들은 멀리서 떨어져 큰 도시에 산다. 이웃인 자하리는 수도에서 학업을 마치고 기술자가 되었고, 여동생이 그렇게 자주 오지 않는다.
정말 세월이 빠르게 흘렀다고 밀라는 생각했다.
곧 다시 성탄절이 올 것이고 다시 밀라는 어릴 때 그때처럼 같은 감정을 느낄 것이다.
지금 손자들을 위한 선물을 사러, 성탄절 음식을 준비하러 서둘렀다.
왜냐하면, 자녀들과 손자들이 찾아올 것이고 그들을 기쁘게 해야 하기 때문이다.
성탄절 밤에 밀라의 집은 사람들로 가득하다.
어린이의 웃음이 메아리치고 눈에는 기쁨이 빛난다. 정말 아름다운 잔치다.
아침에 밀라는 아침을 준비하러 일찍 일어났다.

커피와 차를 타고 평평한 과자를 만들고 뜻밖에 창을 내다보았다.
기적이다.
마당에 있는 전나무가 다시 꾸며져 있다.
성탄절 장식품이 가지 위해서 빛나고 있다.
다시 아주 오래전처럼 같은 기쁨이 밀라를 가득 차게 만들었다.
몇 분간 움직이지 않고 서서 오직 속삭였다.
'자하리구나.'
정말 자하리가 그것을 만들었다.
자하리는 정말 여동생 가족과 함께 성탄절을 축하하러 와서 밀라를 놀라게 하고 기쁘게 하리라 마음먹었다.
오전에 누가 문 앞에서 소리를 냈다.
밀라는 문을 열고 웃는 얼굴, 수년 전에는 검었던 흰 머리카락의 자하리를 보았다.
"즐거운 성탄절이야." 자하리가 인사했다.
"즐거운 성탄절이야."
밀라는 대답하고 집안으로 초대했다.

새 학교

찻길은 은색 리본을 닮아 곧고 미끄럽다.
양옆에는 푸른 들판이고 여기저기에 하얀 옷을 입은 약혼녀처럼 꽃이 핀 나무들을 볼 수 있다.
볼 수 없는 기적의 새처럼 봄은 넓은 날개를 뻗고 자연은 새로운 삶을 위해 깨어난다.
해가 나는 4월의 아침에 카로얀은 부르고라는 도시로 천천히 운전해서 갔다.
10킬로 뒤에 차로(車路) 공사를 하니 자동차는 다른 길로 방향을 바꾸라고 큰 간판에 쓰여 있다.
카로얀은 가리킨 길에 따라 자동차 방향을 바꾸었고, 다른 간판은 황금 계곡이라는 이름의 마을로 가까이 간다고 알렸다.
'결코, 이 마을에 간 적이 없다.'
멈춰서 둘러보고 커피를 마시리라 마음먹었다.
카로얀은 읍사무소, 도서관, 학교 건물이 있는 큰 마을 광장에 주차했다.
읍사무소와 도서관은 오래되었지만, 학교는 전혀 새롭고 큰 창이 있고 아름다웠다.
카로얀은 둘러 보았다.
오직 작은 공원에 사람들은 보이지 않고 학교 앞에 노인이 앉아있다.
카로얀은 가까이 다가가 인사했다. "안녕하세요."
"안녕하세요." 노인이 대답했다.
"여기에 찻집이 있나요?"

"예" 남자는 말하고 읍사무소를 가리켰다.
"저기에 읍사무소 뒤"
그러나 아직 일러 찻집은 닫혀 있어요.
"감사합니다." 카로얀은 말했다.
"문 열 때까지 기다리죠." 노인 옆 의자에 앉았다.
"마을이 큰 것 같이 보입니다." 카로얀이 말을 시작했다.
"황금 계곡이라는 아름다운 이름이네요."
"예" 남자가 대답했다.
"여기에 황금광산이 있었지요. 그래서 마을 이름이 황금 계곡입니다."
"아마 얼마 전에 이 학교를 지었네요." 카로얀이 짐작했다.
"예" 남자가 대답했다.
"의심 없이 이 마을은 아름다운 학교를 짓기에 부유하죠."
"학교는 기부로 지어진 것입니다."
노인이 설명했다.
"기부요?" 카로얀은 믿지 못했다.
"놀랍네요. 누가 이런 큰 기부를 했나요?"
"기부자의 이름은 즈라탄 드라기노브입니다.
아버지가 이 마을에서 가장 부자였죠.
황금광산, 거대한 땅, 방앗간, 공장, 양조장을 가지고 있었어요.
아버지가 돌아가시자 즈라탄은 모든 것을 상속하고 동생에게 아무것도 주지 않았어요.

동생 필립은 아무것도 남지 않아 마을을 떠났지요. 아버지처럼 즈라탄은 황금 계곡에서 가장 부자가 되었죠. 그러나 욕심과 잔인함 때문에 운명이 벌을 내렸어요. 즈라탄은 눈이 멀게 되었죠.
몇 년 뒤 분명 그 사실이 즈라탄을 괴롭게 하기 시작했어요.
혼자 생각했죠. '나는 부자지만 내 땅, 방앗간, 공장, 돈, 해와 하늘도 보지 못한다.'
그래서 학교 짓는데 돈을 내기로 했어요.
마을에는 오래되고 작은 학교가 있었어요. 그러나 아이들은 많아지고 새로운 큰 학교가 필요했지요. 오래된 학교를 부수고 그 자리에 즈라탄의 돈으로 새 학교를 지었죠."
"정말 아름다운 학교입니다." 카로얀이 말했다.
"예"
"정말 찻집 문이 이미 열렸네요. 안녕히 계세요." 카로얀이 말했다.
"안녕히 가세요." 남자가 대답했다.
카로얀은 의자에서 일어나 노인을 쳐다보고 놀라서 머뭇거렸다.
이제서야 노인이 시각장애인이라는 것을 알았다.

사랑의 다리

어느 마을들은 산들 가운데 높이 있다. 깊은 숲이나 가파른 바위 아래 숨겨져 집들은 하얀 양 떼를 닮았다 그 위를 천천히 위엄있게 둥글게 나는 독수리만이 이 마을들을 본다.
산 위 저기에 '작은 별'이라는 마을이 있다. 정확히는 높은 작은 별과 낮은 작은 별 2개 마을이다. 여러 산 사이를 흐르는 강으로 엄청 빠르고, 시끄럽고, 폭풍 치듯 돌 사이에서 흐르고, 위협하는 우는 소리는 깊은 숲에 숨은 화난 용의 소리를 닮은 성난 야누스 강의 두 강가에 있다.
이미 오래전부터 높은 작은 별과 낮은 작은 별 사이에는 잔인한 미움이 있다. 이 미움이 언제 시작되었는지 아무도 모르고 그 누구도 기억하지 않는다. 두 마을의 거주자들은 강을 건너 다른 마을로 가면 저주를 받거나 죽을 것이기 때문에 감히 강을 건너려고 하지 않는다.
높은 작은 별의 젊은이들은 낮은 작은 별의 아가씨와 결혼하지 않고 그 반대도 마찬가지다. 두 마을의 거주자들은 오직 화내면서 서로 반대편 해안을 쳐다본다. 강은 피의 경계이고 모두 거기서 멀리 떨어져 있다.
그러나 한 번은 기적이 일어났다. 힘이 세고 용감한 낮은 작은 별 마을의 피린이라는 젊은이가 높은 작은 별 마을의 아름다운 아가씨 리라와 사랑에 빠졌다. 리라는 자두 같은 눈, 흑단처럼 검은 머리카락에 날씬한 여자 젊은이다. 리라가 젊은이를 보고 불꽃이 마음에서 생겨나 아무도 끌 수 없었다. 피린은 키가 크고, 쇠같이 강한 팔을 가지고 몸통이 컸다. 나무꾼으로 가장 두꺼운 나무조차도 도끼질해서 쓰러뜨린 경험이 있다. 해에 그을린 얼굴은 막 구운 빵과 같고 눈은 산의 호수처럼 파랗다. 리라와 피린의 사랑은 너무나 굳세서 감히 어느 것 위협이나 사람의 저주도 두렵게 할 수 없었다.

어느 밤 피린은 리라를 데리러 강을 몰래 건넜다. 하지만 무서운 일이 생겼다. 피린과 리라가 강에 빠졌다. 누구도 왜 그런 일이 생겼는지 알지 못한다. 소용돌이치는 강에 떨어졌을까? 아니면 따라가 강에 빠뜨렸을까? 일주일 내내 아무도 피린과 리라가 죽은 것을 몰랐다. 흔적도 없이 사라졌다. 그러나 어느 양치기 어린 남자아이가 강물이 그렇게 빠르게 흐르지 않는 수풀에서 시체를 보았다. 무덤에 묻었다. 피린은 낮은 작은 별 마을에 리라는 높은 작은 별 마을에. 그들 때문에 걱정이 커졌다. 리라의 아버지 잠피르는 가장 아주 슬펐다. 하나밖에 없는 딸이라 딸이 죽은 뒤 잠피르는 시들해졌다. 그림자를 닮아 갔다. 전에는 100년 된 참나무 같았다. 며칠 사이에 머리카락은 산의 바위꼭대기 위의 눈처럼 하얗고 얼굴은 재처럼 회색이고 눈빛은 사라졌다. 잠피르는 건축자였다. 높은 작은 별 마을에서 여러 채 건물을 지었으나 리라가 죽은 뒤에는 일하기를 그만두었다. 날마다 소나무 숲에서 위에 있는 집 앞 돌 위에 앉아 강을 쳐다보고 말이 없었다. 무언가를 깊이 생각할까 아니면 리라가 어린아이였을 때를 기억할까? 그때는 리라를 어깨 위에 올려두고 다녔으며 빠른 사슴처럼 풀밭 사이로 장난삼아 리라와 함께 뛰었다.

어느 여름날 잠피르는 말했다.

"이런 일이 다시는 있어서는 안 돼. 성난 야누스 강 위에 다리를 만들 거야."

그리고 다리를 만들기 시작했다. 전에 누구도 강 위에 다리에 대해 생각조차 하지 않았다. 높은 작은 별 마을 사람들이 잠피르가 슬퍼서 미쳤다고 말했다.

다른 사람들은 결심에 놀라고 어떤 사람은 비웃었다.

그러나 잠피르는 다리를 계속 지으며 말이 없다.

혼자 돌, 나무를 나르고 지지대(支持臺)를 만들었다. 아침부터 해질 때까지 일했지만 밤에는 누가 하루 내내 만든 건축물을 무너뜨렸다. 그러나 잠피르는 일하기를 멈추지 않았다.

꾸준히 하여 마침내 이루어냈다. 성난 야누스 강 위에 돌로 된, 다른 해안으로 손을 뻗은 힘센 팔처럼 하얀 다리가 생겼다. 다리 돌 위에 잠피르는 이 말을 새겼다.

이 다리를 리라와 피린을 기억하기 위해 나는 세웠다. 그래서 이름을 '사랑의 다리'라고 부른다.
오랜 시간 아무도 이 다리로 건너지 않았다. 강 위에 서 있지만 두 마을 사람은 그저 조용히 보기만 했다. 처음에 마을의 아이들이 다리에서 놀았다. 나중에는 건너기 시작했다.
부모의 위협은 무섭지 않았다. 아이들은 자라서 결혼하기 시작하고, 가족을 이루고, 높고 낮은 작은 별은 한 마을이 되었다.

만남

트라얀은 찻집 문 옆에서 기다렸다.
그 옆으로 남자 여자들이 지나갔다.
긴장하며 쳐다보고 생각했다.
여기서 나는 우리 안의 작은 동물 같다.
모두가 오직 나만 쳐다본다.
손바닥은 난로 옆에 있는 듯 땀이 났다.
입술은 말랐다.
여종업원 중 정말 같은 나이로 보이는 하나가 몇 번 손쉽게 움직이는 다람쥐처럼 옆으로 빠르게 지나갔다.
유혹하듯 쳐다보았지만 지금 트라얀은 사랑할 만한 기분이 아니다.
그러나 아가씨는 아름답고 작은 별 같은 눈, 밀빛깔 머리카락, 휘어지는 갈대 같은 몸매를 했다.
트라얀은 매우 중요한 남자를 여기서 만나야 하므로 찻집에 왔다.
트라얀은 그 남자를 모르지만, 그 남자는 자신을 보면 곧 알아낼 거로 생각했다.
'왜 지금 나를 만나고 싶어 하지?'
트라얀은 궁금했다.
오랜 세월 이 남자에 대해 생각했다.
지금까지 아버지는 안톤이라고 알고 있다.
그러나 트라얀은 안톤이 친아버지가 아니라고 짐작했다.

왜 그렇게 짐작했는지 설명할 수 없다.
트라얀의 지인이나 친척은 안톤이 아버지가 아닌 것을 알까?
예. 그들은 확실히 알지만 아무도 트라얀에게 말하지 않았다.
트라얀에 대해서 안톤은 매우 사랑했고 진짜 아버지임을 보이려고 매우 애썼다.
정말 바로 그것이 의심할 만하고 그래서 트라얀은 안톤이 아버지가 아니라고 생각했다.
노력에도 불구하고 진실을 알 수 없었다.
어머니는 잘 돌보고 그것을 숨겼다.
그러나 다소 빠르게 모든 것이 분명해 질 것이라고 확신했다.
지금 찻집에서 무엇을 느끼는지 정확히 설명할 수 없다.
호기심인지 불안인지 진짜 아버지를 눈으로 본다는 굳센 바람인지 아마 두려움을 느꼈다.
정말 아버지를 보면 꿈이 깨질 것이다.
오래전부터 진짜 아버지를 보기를 꿈꿨다.
아버지는 키가 크고 자신처럼 검은 곱슬머리 머리카락에 검은 눈을 가졌다고 생각했다.
아버지는 안톤처럼 냉담한 사람은 아니라고 확신했다.
진짜 아버지는 반드시 열렬하고 힘세고 항상 웃고 많은 일로 매우 바쁠 것이다.
진짜 아버지는 기관사라고 생각했다. 왜 그렇게

생각했을까?
아니면 아버지는 자신의 엄마처럼 의사일 것이다.
아버지와 엄마는 의학을 공부하며 그렇게 알게 되고 결혼했을 수 있다.
그러나 나중에 무슨 일이 일어났을까?
왜 아버지는 사라졌을까?
거의 10년간 어디에 계셨을까?
이틀 전 기대하지 않은 전화 소리가 모든 것을 바꾸었다.
모르는 여자가 전화해서 말했다.
"여보세요, 트라얀씨. 진짜 아버지를 보기 원하나요?"
분명히 여자는 트라얀을 잘 알았다.
누구냐고 물으니 여자가 대답했다.
"나는 고모란다. 네 아버지의 여동생"
매우 세게 놀랐다.
고모, 아버지의 여동생이 있으리라고 짐작도 못했다.
곧 아버지를 꼭 보기를 원한다고 대답했다.
언제 어디서 만날 것인지 설명해 주셨다.
여기 지금 트라얀은 찻집에 서 기다리며 어디서 누가 살피고 있다고 느꼈다.
트라얀은 오른쪽, 왼쪽으로 돌리며 찻집의 사람들을 보았지만, 사람들이 많았다.
그들은 탁자에 두세 명씩 앉아 커피나 맥주를 마셨다.

'아버지는 어디에 계실까?'
어느 탁자에도 혼자 있는 남자는 보이지 않았다.
아마 얼마 뒤 찻집으로 키 크고 힘센 검은 머리카락의 남자가 들어와 인사할 것이다.
그러나 이미 30분이 지났지만 비슷한 남자는 찻집에 들어오지 않았다.
아마 아버지는 안 올 것이다.
무슨 일이 생겨 오지 않을 것이다.
아니면 마지막 순간에 오기를 그만두었을 것이라고 걱정스럽게 생각했다.
그러나 희망을 버리고 싶지 않았다.
찻집으로 갈 때 엄마에게 어린 여자아이를 만난다고 말했다.
집에 돌아가면 다시 거짓말로 어린 여자아이가 만나러 오지 않았다고 엄마에게 말해야 할 것이다.
다람쥐를 닮은 동정심이 있는 젊은 여종업원은 가까이 다가와 빙긋 웃으며 말했다.
"구석 탁자에 앉은 남자와 여자가 오라고 부탁했어요."
곧 찻집 구석에 있는 탁자를 쳐다보았다. 전에 거기 앉아있는 남자와 여자를 보았다.
그러나 그들이 자기를 기다린다고 짐작하지 못했다.
가까이 다가가 말했다. "제가 트라얀입니다."
여자가 대답했다.
"내가 고모 마리아고 이 분이 아버지 시므온이

다.”
빠르고 빼빼한 고모는 창백하고 주름진 얼굴을 했다.
빙글 웃고 있지만 조금 슬프게 마음이 쓰라리다.
트라얀은 아버지께 몸을 돌렸다.
매우 키가 작고 더러운 작은 유리를 닮은 회색 눈에 대머리였다.
탁자에 앉았다.
“무엇을 마시겠니?” 고모가 물었다.
“오렌지 주스요.” 트라얀이 대답했다.
고모는 여종업원을 불렀다.
아버지는 탁자로 보면서 말이 없다.
무엇을 말하고 무엇을 물어볼지 몰랐다.
마침내 용기를 내어 작게 물었다.
“그동안 어디에 계셨어요? 아버지.”
아버지라는 단어가 바위 위에서 떨어지는 작은 돌처럼 입에서 나왔다.
시므온은 놀라서 쳐다보았다.
정말로 이런 말을 들으리라고 믿지 않았다.
잠깐 눈에서 빛이 나더니 빠르게 사라지고 다시 더러운 작은 유리같이 되었다.
정말 작게 시므온이 말을 꺼냈다.
“나는 감옥에 있었다.”
놀랐다. 이런 말을 들었다고 믿지 못했다.
“감옥이요?”
“응” 고개를 끄덕였다. “18년간 감옥에 있었다.”

"왜요?" 떠듬떠듬 말했다.
"질투 때문에 사람을 죽였다."
크게 열린 눈으로 놀라서 쳐다보았다.
여종업원은 오렌지 주스를 가져다주고 부드럽게 빙긋 웃었다.
마시기 위해 차를 들 수 없다.
움직이지 않고 분필이나 먼지를 닮은 이상한 회색으로 뼈와 같은 얼굴의 아버지를 쳐다보았다.
시므온은 오래되고 유행이 지난 조금 큰 잠바를 입었다.
푸른 와이셔츠의 깃은 단추가 안 채워져 있고, 목젖은 함께 묶인 참새처럼 움직였다.
나는 감옥에 있다고 말하는 것을 원치 않았다.
시므온이 말했다. "너는 이제 다 자랐다."
트라얀은 말이 없다. 땀이 나고 무엇을 느끼는지 정확히 설명할 수 없다.
아버지에 대한 동정, 고통 아니면 아무것도.
트라얀 앞에 모르는 남자가 앉아있다.
트라얀은 누구를 죽였냐고 묻고 싶지 않았다.
아버지와 아들은 말이 없다.
서로 아무것도 말할 수 없다.
시므온은 용감하게 말하려고 하지 않았다.
트라얀은 생각했다. 아마 감옥에서 수많은 조용한 시간을 보냈다.
거기서 조용해지는 데 익숙해졌거나 오직 자신에게만 말했다.

끝없는 혼자 말하기다.
얼마나 오랜 시간 움직이지 않고 조용히 있었는지 말할 수 없다.
시므온은 여종업원을 불러 값을 치르고 일어섰다.
"안녕" 아버지가 말했다.
"안녕히 가세요." 트라얀이 말했다.
"네 고모가 전화해서 떼로 만나자." 시므온이 제안했다.
"알겠습니다." 트라얀이 말했다.
밖은 이미 저녁이 되었다.
10월의 마지막에 낮은 아직 따뜻하고 집으로 가는 사람은 서두르지 않았다.
트라얀은 가면서 생각했다.
마침내 오랜 세월 사람들이 내게 숨긴 비밀을 알아냈다.
닫힌 상자였고 열 수 없었다.
진짜 아버지가 감옥에 있으리라고는 그것만은 짐작조차 못 했다.
트라얀은 모든 것을 상상했지만 그것은 아니었다.
정말 상상은 어린이의 종이배가 떠다니는 파도 같다.
상상은 우리를 위험하게 잘못하게 만드는 비현실적인 그림을 그린다.
트라얀은 집으로 돌아왔다. 엄마, 안톤과 함께 저녁을 먹을 때 엄마가 물었다.
"만남은 어땠니?"

트라얀은 떨렸다. 우연히 엄마가 내가 아버지를
만난 것을 알지 않겠지?
트라얀은 천천히 대답했다.
"여자아이가 안 왔어요."
"그럴 것이라고 짐작했다." 엄마가 말했다.
"네가 돌아올 때 슬프게 보였지. 걱정하지 마라.
다른 여자아이를 알게 될 거야. 여자들은 그래."

하얀 악몽

병원 입원실은 벽, 천장, 침대, 침대보, 방석, 조명, 이 모든 것이 하얗다.
하얀색이 마리아를 괴롭혔다. 마치 무겁고 하얀 눈사태 아래 누워있는 듯 숨 쉴 수 없다.
마리아는 눈을 감고 계속해서 하얀 산, 하얀 강, 구름, 하얀 옷의 남자들, 하얀 옷의 여자들처럼 하얀색이 그렇게 괴롭다고 생각한 적이 전에는 없다.
마리아가 보기에 죽음의 색, 아픔, 슬픔, 절망, 고통, 검은색은 흉몽이다.
그래서 마리아는 검은색 옷을 사지 않는 습관이 있다.
조명 없는 것과 어둠을 좋아하지 않는다.
지금 병원 침대에 움직이지 않고 누워있다.
뭔가 좋고 아름다운 것에 대해 생각하려고 했다.
수술을 받고 지금 빠르게 회복되고 있다. 이틀 뒤 병원에서 퇴원할 것이다.
그러나 침대에서 곧 일어나, 봄의 따뜻한 호흡이 있고, 여러 색깔 꽃으로, 푸르게 된 나무들로 환호하고 모든 자연이 기뻐하는 밖으로 나가고 싶다.
곧 아침 10시가 될 것이고 치료제를 가지고 올 간호사 베셀라를 기다렸다.
마리아는 참을성 있게, 젊고 아름답고 친절하고 항상 상쾌하며 부드럽게 웃는 베셀라를 기다린다.

베셀라는 매우 자신의 직업을 좋아한다. 환자를 아주 잘 돌본다.
마치 간호사가 되려고 태어난 것처럼, 아마 어릴 때부터 이 직업에 대해 꿈을 꾸었을 것이다.
문이 열리고 방으로 베셀라가 들어왔다. 마치 꽃 향기와 시원한 따뜻한 바람을 가진 봄이 베셀라와 함께 치료제를 가지고 병원 안으로 들어온 듯했다.
"오늘 어떠세요? 아포스톨로바 아주머니."
친절하게 물었다.
마리아는 쳐다보며 다시 자신에게 말했다.
'정말 베셀라는 가장 좋고 가장 아름다운 간호사구나.'
젊은 간호사의 얼굴은 매끈하고 눈은 벨벳처럼 부드럽고, 작고 부드러운 눈썹, 짙은 눈꺼풀, 입술은 즙이 많은 나무딸기를 닮았다. 베셀라는 하얀 바지, 하얀 블라우스, 하얀 모자, 동화에서 나오는 요정 같다.
"잘 지내요." 마리아가 말했다.
"당신은? 오늘도 역시 빙긋 웃고 분명 걱정이 없겠군."
"저 역시 모든 사람처럼 걱정이 있어요." 작게 베셀라가 말했다.
"그러나 그것을 보이고 싶지 않아요."
"걱정이 있다고 믿지 못하겠어요. 당신은 항상 편안하고 사랑해요."

"저는 환자들이 항상 나를 편안하게 보도록 노력합니다. 왜냐하면, 그것이 빨리 나으리라는 힘과 희망을 줍니다."
"당신처럼 젊고 예쁜 여자가 어떤 문제를 가지고 있나요?" 베셀라와 조금이라도 이야기하고 베셀라와 베셀라의 삶에 대해 뭔가를 알고 싶은 마리야가 물었다.
"제 가장 큰 문제는 지금 살 곳이 없다는 겁니다." 슬프게 대답했다.
"지금까지 저와 동료는 빌린 집에서 함께 살았어요. 그런데 제 동료가 결혼하게 되었어요. 저는 집에 남았는데 임대료가 너무 비싸서 임대료를 낼 수 없어요. 나는 다른 집을 찾기 시작했어요. 그러나 찾지 못했어요. 모든 곳의 임대료가 너무 비싸요."
마리아는 주의 깊게 들었다.
정말 간호사의 급여는 많지 않고, 대도시의 집 임대료는 비싸다.
"어디에서 왔어요?" 마리야가 물었다.
"저는 피르고라는 도시에서 나고 살았어요." 베셀라가 대답했다.
마리아는 피르고라는 도시가 산악지대 어디에 있는 작은 곳이라는 것을 안다.
"부모님은 연금생활자라서 제게 돈으로 도울 수 없어요." 베셀라가 계속했다.
"제가 도우려고 대도시에 일하러 왔어요."

마리아는 지금은 웃지 않는 베셀라의 검은 눈을 보았다.
눈길은 슬펐고 이 순간 베셀라는 크고 모르는 도시에서 길을 잃고 도움받을 수 없는 작은 어린 여자아이를 닮았다.
갑자기 어떤 생각이 마리아를 빛나게 했다.
마리아와 남편 안드레이는 산이 가까운 지역의 이층집에서 산다. 둘이서 살며 자녀는 없다.
그래서 베셀라에게 같이 살자고 제안하려고 마음먹었다.
"우리 집은 커요." 마리아가 말했다.
"우리와 함께 살 수 있어요. 나와 남편은 잘 벌고 임대료는 비싸지 않아요."
"감사합니다. 매우 고맙습니다." 베셀라는 말했다.
그러나 아직 마리아가 사는 것을 제안하는 걸 믿지 못했다.
"당신은 정말 사랑스럽네요. 제게 그것은 큰 도움입니다." 베셀라가 기뻐했다.
"곧 나는 병원을 떠나니 집을 보러 오세요. 마음에 든다면 우리랑 같이 삽시다."
"감사합니다. 어떻게 고마워할지 모르겠습니다." 베셀라가 되풀이했다.
그리고 웃음이 다시 부드럽고 매끄러운 얼굴을 빛나게 했다.
마리아가 집으로 돌아온 며칠 뒤 베셀라는 집을 보고 살 것인지 결정하러 왔다.

마리아는 기쁘게 만났다.
마리아가 보여준 방은 1층에 있다.
검소하게 꾸며진 가구로 침대, 옷장, 탁자, 책장, 서랍 달린 옷장이 있다.
창은 정원을 향하여 있다. 거기에 지금 봄이라 꽃이 피어 눈같이 하얀 옷을 입은 약혼녀처럼 보이는 커다란 사과나무가 보인다. 방 옆 복도에는 식당과 욕실로 가는 문이 있다.
"식당을 사용할 수 있어요." 마리아가 말했다.
"거기에 두 개 냉장고가 있는데 하나를 쓰세요."
"감사합니다. 정말 감사합니다." 베셀라가 말했다.
일주일 뒤 베셀라는 짐을 옮겨 마리아의 집에 살게 되었다.
어느새 날이 지나갔다. 베셀라의 병원 근무는 낮이나 밤이라 마리아는 자주 볼 수 없다. 그러나 베셀라가 집에 있을 때 마리아와 함께 자유 시간을 보냈다.
둘이 판매점에 사러 가고 산으로 산책하러 갔다.
베셀라는 마리아에게 부모와 어린 시절, 병원에서의 일에 관해 이야기했다. 마리아는 자신에 관해 이야기했다.
마리아는 교사였다. 초등학교에서 가르쳤고 아이들을 매우 좋아했다.
가끔 베셀라는 마리아가 자녀가 없어 슬픈 것을 알았다.
그러나 마리아는 결코 그것에 대해 무언가도 언급

하지 않았다.
마리아의 남편 안드레이는 건축기술자라 가끔 일로 여행을 갔기에 항상 집에 있지는 않았다.
안드레이가 집에 없을 때는 베셀라가 옆에 살아서 기뻤다. 그래서 혼자인 것이 무섭지 않다.
삶에서 큰 사건이 없을 때 얼마나 날들이 빠르게 지나가는지, 바람에 쫓겨나는 구름처럼 차례대로 사라지는지 거의 눈치채지 못한다. 따뜻한 여름 뒤, 나뭇잎이 황금색, 노란색, 빨간색, 갈색이 되는 가을이 왔다. 정원의 사과는 익고 마리아는 베셀라가 사과를 매우 좋아한다는 것을 알았다. 가끔 방의 창 옆에 있는 큰 사과나무에서 사과를 모으곤 했다. 부드러운 가을 햇볕 때문에 빨간 사과는 빛나고 꽤 맛있다.
10월에 비가 오기 시작했다. 무거운 회색 구름이 천막 보처럼 사과, 정원을 덮었다. 커다란 빗방울이 창유리를 때리고, 이해할 수 없는 슬픔을 줬다. 나중에 겨울이 오고, 눈이 내리고, 모든 것이 하얗게 되었다. 깊은 조용함이 가득 차 마당에 눈 덮인 통로 위를 조금만 걸어도 소리가 날 지경이었다.
베셀라가 마리아의 집에 산 지 1년이 지나 여름 초에 마리아는 베셀라가 임신한 것을 알았다. 그러나 마리아는 아무것도 묻지 않았다. 마리아는 베셀라가 스스로 남자 친구, 아마 곧 있을 결혼식, 앞으로의 생활 계획에 대해 말해 주기를 기다렸다.
베셀라는 조용하고 아무것도 말하지 않고 생각에 잠긴 듯 보였다. 마리아는 베셀라를 딸처럼 대하며, 베셀라가 남편과 출산에 대해 기쁘게 말하리라 확신했다.
어느 날 전혀 기대하지 않게 베셀라가 집을 나가겠다고 말했다.
“정말로 당신의 앞으로의 남편, 아이 아빠랑 같이 살 거예요?” 마리아가 물었다.
“나는 온 맘으로 정말 행복하기를 바라요. 자녀를 낳으면 꼭 전화해요. 보러 가서 선물을 줄게요.”
베셀라는 아무 말도 안 하고 빠르게 마리아를 쳐다보고 불러서 온 택시에 탔다.
3주 뒤 마리아는 베셀라에게 전화해서 이미 아이를 낳았느냐고 물었다.
베셀라는 남자애를 낳았다고 대답했다.
이 소식은 마치 자기가 나은 것처럼 마리아를 매우 기쁘게 했다.
“잘 되었네요.” 기쁘게 인사했다.
“당신과 아이가 건강한 것이 가장 중요해요. 마음먹으면 전화해요. 당신이 원하면 당신과 자녀를 보러 갈게요. 나는 아이의 침례 엄마가 될게요.”
그러나 한 달 뒤에도 베셀라는 전화하지 않았다.
마리아는 베셀라와 아이에게 뭐가 나쁜 일이 생겼다고 걱정하기 시작했다.
어느 저녁 마리아와 안드레이가 저녁을 먹을 때,

안드레이가 걱정하는 것을 알았다.
아마 일하는 데 문제가 있다고 마리아는 짐작했다.
안드레이 일은 어렵다. 다리를 세운다. 일꾼들은 그렇게 능숙하지 않다.
어딘가 새로 세우는 다리에 사고가 일어날 수 있다.
안드레이는 말하기를 주저했다. 눈에는 무거운 그림자가 보였다. 눈빛이 이상하고 마리아의 눈길을 피했다. 안드레이는 마치 먹기를 계속할까 안 할까 결정하지 못한 것처럼 탁자에 앉아있다. 수저를 들었다 놓았다. 마침내 천천히 말을 꺼냈다.
"베셀라가 아이를 낳은 것을 당신은 알죠." 안드레이가 말했다.
"예. 내가 전화했죠. 어느 날 베셀라를 초대합시다. 나는 아이를 위해 뭔가 아름다운 선물을 살 겁니다."
다소 이르게 모든 것이 분명해졌다.
안드레이가 말했다. "무슨 일이 일어났는지 내가 알려주는 것이 더 좋겠네요."
마리아는 떨며 두려워하며 안드레이를 바라봤다.
"사고요?"
"내가 베셀라가 낳은 아이의 아버지요." 천천히 안드레이가 말했다.
마리아는 의자에서 흔들렸다.
휘장이 눈앞에서 떨어졌다.

어딘가에 빠진 듯했다.
무거운 눈사태가 덮어 모든 것이 하얗게 되었다.

'성 엘리야' 수도원

오늘 아침에 시므온은 일찍 일어났다.
휘장을 걷어내자 해가 폭포처럼 호텔 방 안으로 들어왔다.
넓은 창 앞에는 초소에서 푸른색 군복을 입은 군인을 닮은 높은 산들이 보인다.
시므온은 세수를 하고 면도하고 옷을 입고 아침을 먹으려고 호텔의 식당으로 갔다.
멋진 몸매에 갈색 머리카락과 참외 같은 눈을 한 40살의 시므온은 이미 몇 달 전부터 호텔 '소나무'에서 거주하고 있다.
아침마다 젊은 여종업원 이스크라는 시므온이 들어오는 것을 보면 즉시 가서
'안녕하세요. 토프자코브씨'하고 친절하게 인사했다.
부드러운 몸에 하얀 종업원 옷을 입은 이스크라는 봄철에 피는 갈란투스 식물을 닮았다.
파란 눈은 빛나고 젖은 입술은 장난스러운 웃음을 띤다.
"익숙한 아침을 주문하시죠?" 이스크라가 물었다.
"예, 작은 빵 두 개, 커피, 오렌지 주스, 요리한 달걀과 바나나를 부탁해요."
그것이 시므온의 익숙한 아침이다. 항상 주문하면서 바나나, 달걀이 꼭 있어야 한다.
베르도그라드에서 거의 모든 사람이 시므온을 안

다.
1년 전 여기에 와서 전에 이반노코브 교사가 소유했던 가장 아름다운 집을 샀다.
시므온은 비록 베르도그라드에 이미 호텔 '소나무'가 있음에도 불구하고 집의 넓은 마당에 큰 호텔을 짓기 시작했다. 시므온은 수학여행단을 조직해 베르도그라드에 많은 외국 사람들이 오도록 계획했다.
가끔 말한다. '여기의 자연은 아름답다. 높은 산맥, 커다란 호수, 여름에 외국인들은 산으로 산책할 것이고, 물이 시원하고 수정처럼 깨끗한 '편안한 호수'에서 낚시할 것이다.
건축 계획에 따라 시므온의 호텔 안에 현대적인 식당, 화려한 찻집, 유흥주점이 들어설 것이다.'
베르도그라드에서 사람들은 시므온이 어디서 그렇게 많은 돈을 가졌는지 궁금했다.
누구도 시므온이 누구인지 어디에서 왔는지 모른다.
어느 사람은 독일에서 공부한 기술자라고 말하고, 다른 사람은 아무것도 공부하지 않았지만 큰 재산을 물려받았다고 말했다. 그러나 더 중요한 것은 시므온이 빠르게 베르도그라드 사람들, 시장, 교사들, 시청 직원들, 판매점의 상인들과 친구가 되었다는 것이다.
여기에 와서 시의 주요 광장에 있는 '전쟁에서 다친 군인을 위한 기념비'의 수리를 위한 비용을 곧 댔다.
고등학교에서 컴퓨터 사는데도 돈을 댔다.
여기서 태어나지 않고 전에 여기서 살지 않았음에도 불구하고 이 도시를 매우 좋아했다.
시므온은 아침 식사 후 호텔건축이 어느 정도 진행되었는지 보려고 나갔다.
지금은 6월이고 9월 말에 호텔을 열기를 희망했다.
그때 큰 축제를 계획했다. 많은 손님을 초대하고 회식과 흥겨운 행사가 있을 것이다.
이미 호텔 이름은 '오리온'이라고 정했다.
천천히 거리로 나섰다.
해가 빛나는 6월의 아침이다. 멀리 보이는 호텔 건축물은 하얀 백조 같다.
지금 일꾼들이 창과 문을 세우고 있다. 전기기술자가 전기를 위해 배전반을 설치한다.
객실을 둘러보았다. 2층에는 일꾼 책임자 시야로브가 있다.
50살에 키가 작고 검은 수염과 철 빛깔의 눈을 가진 힘이 센 시야로브는 시므온에게 아직도 작업을 위해 무엇이 필요한지 말했다. 자세히 모든 것을 살폈다.
호텔은 화려하고 매우 현대적이어야 한다.
방에는 유명 화가가 그린 아름다운 풍경화가 있어야 한다.
만족해서 매우 기분 좋게 호텔에서 나와 산으로

조금 산책하려고 마음먹었다.
정말로 날씨는 매우 상쾌하다.
'항상 나는 차로 다녀서 뚱뚱해져' 시므온은 생각했다.
'더 많이 걸어야 해.'
시원한 아침 공기를 마시며 산으로 갔다.
30분 뒤 어느새 숲으로 들어갔다. 그렇게 빠르지 않게 점점 더 깊고 어두운 숲으로 들어갔다.
우람한 도토리나무 옆에 잠시 쉬려고 멈추었다.
머리를 하늘로 들고 잿빛 구름을 보았다.
바람이 조금 세게 불었다. 아마 곧 비가 내릴 것이라고 짐작했다.
보통 산속에는 날씨가 빠르게 변한다. 해가 나왔다가 뒤에 갑자기 비가 온다.
구름은 빠르게 점점 짙어 간다. 숲은 어둠 속에 잠겼다.
얇은 여름 웃옷을 입었기에 곧 돌려서 출발했다.
갑자기 심하게 비가 내렸다. 눈을 멀게 하는 번개가 구름을 가르고 힘센 천둥이 숲을 흔들었다. 떨리기 시작했다. 그것을 전혀 기대하지 않았다.
발걸음을 서둘다가 도시로 가는 길을 잘못 들었다. 멈춰 둘레를 살폈다.
심하게 비가 내린다. 높은 나무가 무섭게 하는 괴물처럼 둘레에 서 있다.
벼락이 날카로운 칼처럼 하늘을 찌르고 천둥은 귀를 먹게 했다.

더 빠르게 걸어 나갔지만 어느 방향인지 알지 못했다. 베르도그라드가 북쪽인지 동쪽인지조차 짐작할 수 없다.
어둡고 짙은 숲에서 방향을 잡지 못했다.
전에 결코 숲에서 혼자 헤맨 적이 없다. 이끼가 나무의 북쪽 편에 있다고 들은 적이 있지만 지금 자세히 나무를 살필 수도 없다. 공포에 휩싸였다. 작은 솜털 짐승 같은 두려움이 위 속에서 기어가기 시작했다. 비는 머리부터 발끝까지 젖게 만들었다.
웃옷, 바지, 신발, 양말까지도 젖었다.
바람은 더욱더 거세졌다.
떨었지만 추위 때문인지 두려움 때문인지 확신이 안 섰다.
휴대용 전화기를 꺼내 시야로브에게 전화했다. 그리고 말했다.
'시야로브씨, 나는 숲에서 산책했어요. 그러나 도시로 가는 길을 잘못 들었어요. 나를 찾으러 와주세요. 지금 정확히 어디 있는지 몰라요.'
시야로브는 곧 다른 남자들과 함께 찾으러 가겠다고 약속했다.
'그러나 나를 찾을까?' 걱정스럽게 생각했다.
'정말로 내가 정확히 어디 있는지 말할 수 없구나.'
결코, 비슷한 공포의 상황에 부닥친 적이 없다.
계속 걷는 것이 더 좋다고 결심했다.

서 있다가는 분명 감기들 것이다.
둘레를 살피고 다시 빠르게 수풀, 가시덤불을 지나 걸어, 돌로 된 경사진 곳으로 내려갔다.
피곤해서 힘이 더 없었다.
자신에게 매우 화가 났다.
'왜 혼자 숲으로 산책하러 갔는가?'
비는 계속되고 마치 채찍처럼 때렸다.
휴대전화가 울었다.
도시의 몇 명 사냥꾼과 함께 찾으러 출발했다고 시야로브가 말했다.
시므온은 감사 인사를 했지만 시야로브의 전화 소리가 안정을 주는 것은 아니었다.
더 걸어가다가 넘어지고 떨어지고 다시 일어섰다.
갑자기 길이 보였다.
그것은 구원이다. 진짜 하나님의 도움이다.
분명히 길은 사람이 사는 것으로 안내한다.
얼마 지나지 않아 숲에서 나와 넓은 풀밭 위로 갔다.
거기서 건물을 보고 기뻐서 그쪽으로 뛰어갔다.
빠르게 풀밭을 지나 큰 나무문 앞에 섰다.
수도원이었다.
미친 사람처럼 손으로 수도원 문을 두드리기 시작했다.
조금 뒤 발소리가 들렸다. 수도승이 문을 열었다.
"숲에서 길을 잃었어요." 시므온이 말했다.
"하나님 덕분에 수도원을 만났어요."

“어서 오세요. 들어오세요.” 수도승이 인사했다.
시므온은 수도원 마당에 들어섰다.
“나는 수도승 비겐티입니다.”
“저는 시므온입니다. 수도원의 이름이 무엇이죠?”
“성 엘리야 수도원입니다.” 비겐티가 대답했다.
수도승과 시므온은 넓은 곳, 정말 수도원 식당 같은 곳으로 들어갔다.
“앉으세요. 몸을 데우세요. 옷을 가지고 올게요. 모든 옷이 다 젖었네요.” 비겐티가 말했다.
“감사합니다. 베르도그라드는 가깝습니까?”
“숲을 지나 걸어가면 1시간이면 베르도그라드가 나옵니다.
그러나 찻길로 가면 거기까지 15킬로입니다.”
시므온은 휴대용 전화기를 들고 시야로브에게 전화했다.
“시야로브씨, 나는 성 엘리야라는 수도원에 있어요. 도시로 갈 수 있도록 차로 와 주세요.”
“곧 가겠습니다.” 시야로브가 대답했다.
바겐티는 바지, 와이셔츠, 웃옷을 가져 왔다.
시므온은 옷을 갈아입기 시작했다.
비겐티는 작은 술잔에 브랜드술을 따르고 시므온에게 주었다.
“브랜드술이 조금 따뜻하게 해 줄 거예요.” 비겐티가 말했다.
시므온은 곧 그것을 마셨다.
식당에는 길고 작은 나무 탁자가 있다.

구석에 몇 개 오래된 의자가 있다.
난로, 오른쪽 벽 위에 선반과 그 위에 냄비, 접시, 작은 컵이 있다.
“수도원에는 수도승이 몇 명입니까?”
시므온이 물었다.
“5명입니다.” 비겐티가 대답했다.
“지금 오직 나와 할아버지 안겔라리 수도원장이 있습니다. 안겔라리 할아버지는 아파서 독방에 누워 계십니다. 다른 수도승은 물건 사러 도시로 나갔어요.”
시므온은 40살 정도로 보이는 비겐티를 쳐다보았다.
매우 마르고 움푹 팬 눈에 큰 흰 수염 때문에 더 나이 들어 보인다.
검은 사제복은 헝겊을 대고 기워 낡았고 소매도 닳았다.
수도승은 신발도 아닌 덧신을 신고 있다.
“너무 비참하게 여기 사시네요. 수도원에 살기는 쉽지 않네요. 여기는 전기조차도 없네요.”
시므온이 알아차렸다.
“전기도 없어요. 초를 사용해요.”
비겐티가 말했다.
“여기서 어떻게 살 수 있지! 무엇을 원하세요? 수도원에 기부하고 싶어요.”
시므온은 놀랐다.
“아무것도 필요하지 않아요.” 비겐티가 말했다.

“아무것도?” 시므온은 이해하지 못했다.
“우리는 여기에 임시로 있어요.” 비겐티가 말했다.
“임시요?”
시므온이 놀라서 쳐다보았다.
“우리는 모두 임시로 지구에서 살아요.”
비겐티가 설명했다.
‘지구에서 임시로.’ 시므온이 혼자 되풀이했다.
정말 수도승이 맞다.
1시간 전 살지 죽을지 알지 못했다.
맞다. 모든 사람은 지구 위에서 임시적이다.
왜 나는 호텔, 식당, 유흥주점이 필요할까?
시므온은 궁금했다.
오래된 나무 탁자에 팔을 기대고 식당의 작은 창으로 내다보았다.
밖에는 이제 비가 오지 않는다. 늑대가 양 떼를 쫓아낸 것처럼 바람은 잿빛 구름을 쫓아냈다. 해는 다시 빛나고 모든 나무, 수풀, 풀밭은 비에 의해 깨끗이 씻겨졌다.

수수께끼 같은 그림자

정신병원 이 층 건물은 키가 크고 오래된 느릅나무 아래 있다.
거기에 꽃과 의자가 있는 작은 공원이 있다.
건물 뒤에 여러 가지 놀랄만한 전설이 있는 '성요한' 수도원이 있다.
수도원 마당에 치료하는 물이 있는 샘이 밤낮으로 살랑살랑 소리 낸다.
정신병원과 수도원 가까이에 '이스타르'라는 큰 강이 흐른다.
여기 둥근 계곡의 강은 크지만, 마치 강이 굽어지고 가파른 바위가 있는 산 사이로 흐르기 전에 쉬는 것처럼 조용히 흐른다.
정신병원에는 정신병자가 많지 않다.
낮에는 공원 의자에 앉아있거나 강가에서 산책한다.
그들 중에는 계속해서 박해받는 정치적인 이유로 거기 있다고 꾸준히 주장하는 중년의 남자가 있다.
다른 정신병자는 중요한 국가적 임무를 가지고 외국에서 있는데, 거기에서 사람들이 죽이려고 해 살리려고 국가 중요한 사람들이 이곳 정신병원에 숨겼다고 이야기한다.
어떤 정신병자는 유명한 과학자인데 사람들이 과학적인 발명품을 훔치고 누더기처럼 이곳에 버렸다고 설명했다. 정신병원에는 여자도 남자도 있다. 여자들은 더 말이 없는 편인데 대략 50세의 여왕 마르고는 세상에서 가장 사랑받던 여자라고 지치지 않고 이야기했다. 수많은 남자가 그 여자를 사랑했다. 신기하게 말하는 이야기들이 절대 중복되지 않는다.
그러나 가장 수수께끼 같은 정신병자는 시시다. 아무도 본 이름을 모른다.
마르고 여왕과 반대로 시시는 전혀 말하지 않았다. 20살의 매우 아름다운 시시는 무거운 바다 파도같이 금발이고 보라색 눈, 매끄러운 아랍 민족의 얼굴을 가졌다.
아침부터 저녁까지 움직이지 않고 앉아서 방의 하얀 벽만 쳐다본다.
날씨가 아름다우면 공원에서 하늘을 계속 쳐다보고 있어 대리석 조각을 닮았다.
의사와 간호사는 매우 주의해서 돌본다. 정말로 시시는 항상 새하얀 옷을 입고 모든 옷이 새롭고 유행에 맞기 때문에 친척이 정신병원에 많은 돈을 지급했다.
밤에 정신병원의 누구도 폭행하지 않도록 혼자 방에 있으니 문을 잠근다.
그러나 어느 밤 정신병원에 당황스러운 일이 생겼다.
조용한 밤이었다.
건물, 마당, 수도원은 조용함에 잠겼다.

은빛 쟁반처럼 달은 높은 느릅나무 위에 걸려 있고 달빛은 희고 수수께끼 같다.
간혹 어디서 올빼미가 갑자기 크게 울었다.
뒤에 다시 모든 것이 조용해졌다.
강에서는 단조로운 물 흐르는 소리가 났다.
당직 의사 펜코브는 사무실에 앉아 신문을 읽었다.
옆 의자에 간호사 네이코바가 앉아서 어떤 소설을 읽고 있다.
갑자기 누가 무섭게 소리치기 시작했다.
의사 펜코브와 네이코바는 즉시 어두운 복도로 달려갔다. 2층으로 서둘러 올라가니 복도 끝에 정신병자 중 한 명인 스타노가 누워있다.
두려움 때문에 떨면서 소리쳤다.
무슨 일이냐고 물었지만 아무 대답도 하지 않았다.
단지 손으로 복도의 다른 쪽을 가리켰다.
펜코브와 네이코바는 마치 걷지 않고 공중에 떠 있는 하얀 그림자를 보았다.
잠시 뒤에 그림자는 사라지고 어느 방에 들어갔는지 아침 구름처럼 사라졌는지 둘 다 알 수 없다.
펜코브와 네이코바는 주의해서 복도를 살펴보고 방마다 들어갔지만 하얀 목도리의 남자인지 여자인지는 어디에서도 찾을 수 없었다.
스타노를 돕기 위해 돌아왔는데 이 순간 정신병원 마당에서 나오는 무서운 다른 소리가 들렸다. 펜코브와 네이코바는 밖으로 나갔다.
거기에 정신병원 환경미화원인 키나 아줌마가 건물의 지붕을 보면서 소리 질렀다.
의사와 간호사는 머리를 위로 들었다. 지붕 차양 위에서 시시가 천천히 조용하게 산책하고 있다.
'왜 지붕 위에 있지?' 펜코브와 네이코바는 움직이지 않고 쳐다보았다. 얼마 뒤 시시는 사라졌다.
의사와 간호사는 어떻게 시시가 지붕 위로 올라갔는지 알 수 없다.
모든 것이 정말 이상하다.
마치 기적의 힘이 위로 올린 것 같다.
다음날 뭔가 전혀 기대하지 않은 일이 생겼다.
시시가 말을 했다.
정말로 말하는 것이 정확한 표현은 아니다. 왜냐하면, 시시는 단지 요술 거는 단어를 반복하듯이 정말 이상하게 발음하는 한 가지 문장뿐이다.
"곧 우리는 모두 자유, 끝없이 자유로울 것이다."
마치 날 준비가 된 듯 하늘로 팔을 들면서 시시가 말했다.
정신병자들은 전혀 시시의 말에 대해 흥미가 없지만 펜코브 의사는 주의 깊게 봤다.
시시의 크고 보랏빛 눈은 특별한 빛을 본 듯 보였다.
의사는 물었다.
'천사의 얼굴을 한 이 아름다운 아가씨가 어떻게 미칠 수 있는가?

정말로 우리는 사람의 영혼과 뇌에 대해 매우 조금 안다.'
의사는 진심으로 시시를 돕고 싶었지만 불가능했다.
어느 밤 6월 중순에 비가 내렸다.
오랫동안 점점 더 거세게 비가 내렸다.
3일간 비가 멈추지 않았다. 강이 정신병원으로 넘쳤다.
모든 것, 마당, 공원, 오솔길이 물에 잠겼다.
건물은 바다에 있는 섬과 같다. 정신병자들은 1층에서 2층으로 옮겼다.
펜코브 의사는 전화해서 도움을 청했다. 왜냐하면, 정신병원에서 곧 먹을 거, 마실 물, 치료제들이 없어진다. 두려워하며 정신병자들은 창으로 비를 쳐다본다.
군용차량으로 군인들이 왔다. 범람한 건물에서 정신병자들을 꺼내 구했다.
갑자기 네이코바가 말했다.
"시시를 잊었어요. 2층 방에 혼자 있어요."
사람들이 시시를 데리러 곧 갔지만, 방에 없었다.
의사 펜코브는 찾았지만, 어디에도 없었다. 창 가운데 하나를 통해 매우 크고 빠르게 위협하는 강을 볼 수 있는데, 물 위에서 조용히 걷고 있는 시시를 보았다. 놀라서 시시가 강 위에서 산책한다고 믿지 않았다. 의사 펜코브는 시시의 말을 기억했다.

"곧 우리는 모두 자유, 끝없이 자유로울 것이다."
시시는 이미 자유롭다.

고귀한 기사

바실은 거울 앞에서 한없이 행복하게 서 있다.
문지기 제복이 마음에 든다.
바지는 회색이고 크고 와이셔츠와 웃옷은 모두 회색이다.
웃옷은 노란 단추가 있고 모자는 차양이 있다.
아직 몇 분간 거울을 보고 뒤에 문지기 일을 하는 식당으로 갔다.
식당은 가까이에 있어 걸어갔다.
지금은 돈이 없지만, 저녁에 일이 끝나면 생길 것이다.
식당 주인은 돈을 줄 것이고 돌아오면서 바실은 빵, 소시지, 치즈. 맥주 한 병을 살 것이다.
맥주 생각이 웃게 만든다.
거리에는 호기심을 가지고 바실을 쳐다본다.
정말 문지기 제복이 이상하게 보인다.
사람 중 누구는 빙긋 웃고 누구는 놀란다.
그러나 바실은 알아차리지 못한 듯했다.
오늘 일하기 시작해서 저녁에는 돈을 가진다는 것이 매우 중요했다.
오랫동안 이 순간을 기다렸다.
몇 년 전 삶은 재앙이었기에 지금은 과거를 기억하고 싶지 않다.
오늘 해가 빛나는 날에 식당 문 앞에 서서 지나가는 사람들에게 고개 숙여 인사하고 아주 좋은 포도주와 맥주를 맛있게 먹고 마시기 위해 '고귀한 기사' 식당 안으로 들어오도록 안내할 것이다. 오늘 처음 일하는 날이라 여러 번 거울을 보고 좋은 배우처럼 식당으로 들어오라고 안내하는 말을 자꾸만 되풀이했다.
맛있는 먹을 것과 아주 좋은 포도주와 맥주에 대한 몇 가지 속담을 외우기까지 했다.
잊어버리지 않으려고 속담을 소리 내 여러 번 말했다.
태도는 진지하고 발음은 분명했다. 도시에서 가장 훌륭한 문지기가 되리라고 확신했다.
정말 지금껏 모든 것을 열심히 진지하게 했다.
거의 20년간 상업 회사에서 기록원이었지만 갑자기 해고당했다.
사장은 이제는 기록원이 필요하지 않다고 말했다.
그때 부인 다리나는 이혼을 결심했다. 정말 가족은 충분한 돈이 없었다.
다리나는 꾸준히 다른 남자들은 많은 급여를 받는데 남편의 급여는 비참하다고 되풀이했다.
마침내 이혼했다. 다리나와 딸 로시는 시골로 가서 둘이 다리나 엄마 집에서 살기 시작했다.
다리나에게 화내지 않았다. 정말 모두 사람은 자신의 행복을 찾을 권리가 있다.
정말 바실은 슬펐다.
그때 다른 불행한 일이 생겼다.
바실의 엄마가 아팠다.

엄마의 치료 약을 위해 돈이 필요했다.
엄마의 연금은 적어서 전혀 충분하지 않았다.
바실은 일을 찾았지만 성공하지 못했다.
엄마는 점점 더 상태가 나빠졌다.
정말로 바실은 가족 생계를 꾸리는데 능력이 없다고 다리나가 한 말이 맞았다.
바실은 엄마를 사랑하고 도왔다.
바실이 어렸을 때 엄마는 정말 많이 일하신 것을 기억했다.
엄마는 회계원이었지만 가끔 집에서 자정 때까지 일했다.
그때 바실은 계산을 도와드렸다.
지금은 엄마가 매우 아파서 바실을 알아볼 수 있을까 아니면 못 할까 믿을 수 없다.
엄마가 집의 창으로 숟가락, 포크, 칼을 던질 때 이미 너무 많이 아프다는 것을 알았다.
엄마는 정신병원에 입원해야 했다.
바실은 가끔 그곳으로 찾아갔다.
한 번은 주치의가 사무실로 불러 갔더니 말했다.
"드라고이노브 씨, 어머니를 치료하기 위해 가능한 모든 것을 했어요. 그러나 돈이 필요하다는 것을 잘 알겠지요."
그러나 바실은 일하지 않아 돈이 없었다.
엄마는 어느 11월 추운 비 오는 날 돌아가셨다.
바실은 계속해서 일을 찾았다.
이틀 전 거리에서 예전 친구를 만났다.

"안녕. 바실." 친구가 말했다.
"오랜만이네." 바실은 당황해서 쳐다보았다.
"어떻게 지내니?"
사실은 오래전부터 일이 없다고 말했다.
"우리가 모두 학생이었을 때 너는 연극을 했잖아.
너는 돈키호테 연극에서 산초 판자였지."
친구가 말했다.
"그래." 바실이 주저하듯 더듬거렸다.
"그러나 지금은 돈키호테를 매우 닮았어.
키 크고, 수염 있고, 말랐어.
얼마 전에 '고귀한 기사' 식당을 샀어.
문지기가 필요해.
너는 아주 좋은 문지기가 될 거야.
우리 식당에서 문지기 하고 싶지 않니?
좋은 급여를 줄게." 놀라서 바실은 쳐다보았다.
"내일 와서 바로 일을 시작할 수 있어."
'마침내 좋은 일자리가 생겼어.'
바실은 혼자 말했다.
문지기 제복은 예쁘고, 새롭고, 기뻤다.
바실은 식당 문 앞에 섰다. 오후 5시 반이다.
가장 좋은 시간이다. 사람들은 일터에서 나온다.
식당 앞 보도에는 젊은이, 늙은이가 걸어갔다.
바실은 서서 활기차게 되풀이했다.
'존경하는 신사 숙녀 여러분, 식당 '고귀한 기사'
로 들어 오시기 바랍니다.
여기에서 맛있는 식사를 하시고 좋은 포도주와 맥

주를 마시세요.'
사람들은 지나가고 전혀 바실을 쳐다보지 않았다.
일부는 놀리고 싫어하며 쳐다보았다. 누구는 미쳤다고 생각했다.
그러나 바실은 계속 되풀이하며 지나가는 사람들을 식당으로 안내했다.
'오세요. 어서 들어오세요.'
갑자기 앞에 어린 여자아이가 나타났다.
딸 로시였다.
"아빠!" 딸이 말했다. "왜 창피하게 하세요?
정말 사람들이 놀리잖아요."
바실의 웃음이 사라졌다.
혼란스럽다. 뜻하지 않게 문지기 모자를 벗고 조용히 말했다.
"로시!" 그러나 딸은 빠르게 멀리 뛰어갔다.

배

베린은 강 위에 떠 있는 배를 보았다.
마치 안개에서 헤엄치듯 한다.
흐름이 바뀌고 강가로 향했다.
베린은 강으로 들어가 배를 강가로 끌었다.
주의해서 자세히 살폈다. 멀리서 볼 때는 배가 오래된 것처럼 보였으나, 지금 보니 거의 새것이다. 배 안에 한 개의 노와 고기 잡는 던지는 그물이 있다.
'무슨 일이지?' 베린은 궁금했다.
배의 주인이 강에 빠져 물 흐름이 이곳으로 배를 데려왔을까?
며칠 전 날씨가 매우 나빴다. 거세게 비가 왔다.
세찬 바람이 있어 분명 사고가 있었다.
오래전부터 베린은 배를 갖고 싶었다.
지금 운명이 다시 고기 잡을 수 있도록 거의 새 배를 선물했다.
강가 수풀에 배를 숨기고 어떤 친구가 어디서 이 아름다운 배가 생겼느냐고 묻는다면 아들 파벨이 선물로 주었다고 말하리라고 마음먹었다. 모두 파벨이 도시에 살며 부유한 상인이고 돈이 많은 것을 안다. 베린은 파벨에게 여러 번 배를 사달라고 부탁했으나 파벨은 항상 말했다.
"나이가 드셔서 배가 필요 없어요. 이제는 고기 잡지 마세요. 게다가 아프시니 더 많이 쉬어야 해요.” 그러나 70세 임에도 불구하고 베린은 잘 지내며 고기 잡으리라 마음먹었다.
평생 고기잡이였고 고기 잡는 데는 배가 필요하고, 여기에 혼자 배가 왔다.
몇 년 전에 배를 가졌지만, 예전부터 고장이 나 이미 고기 잡는데 적당하지 않다.
지금 기뻐하며 베린의 피는 따뜻해지고 아무도 알아차리지 못하게 먼저 배를 칠하리라 마음먹었다.
베린은 집으로 돌아와 옷을 갈아입었다.
왜냐하면, 배를 강가로 끌어올 때 강에 들어가 바지가 젖었기 때문이다.
그리고 몸을 따뜻하게 하려고 차를 끓였다.
차가 준비되자 탁자에 앉아서 천천히 마시기 시작했다.
마시면서 계속해서 배에 대해 생각했다. 아름다운 배가 매우 만족스럽다.
몇 년 전 베린은 마을에서 가장 좋은 고기잡이였다. 고기잡이는 일이 아니라 예술이었다.
경험이 많아 대구, 메기 같은 큰 고기를 잡았다.
베린은 수다스럽지는 않지만, 지금은 이미 아름다운 배를 가지고 있다고 누군가에게 말할 필요를 느꼈다. 그래서 집을 나서 친구와 자주 만나는 찻집으로 갔다.
마을 광장 옆 찻집은 거의 20개 탁자가 있는 넓은 곳이다.
여기에는 항상 마시며 이야기하는 남자들이 있다.

베린은 탁자 중 한 개, 친구 보네와 밀레가 앉은 곳에 앉았다.
그들은 고기와 고기 잡는 것에 관해 이야기했다.
정말 여기 마크레스 마을에서 주요한 생계수단은 고기잡이다.
찻집 문이 열리고 남자와 여자 둘이 들어왔다. 곧 마크레스 주민이 아닌 것을 알 수 있다.
남자는 늙었고 여자는 젊었다.
정말 아빠와 딸로 보였다.
베린이 친구와 함께 앉은 탁자 옆의 탁자에 앉았다. 늙은이가 종업원 넬리를 불러 점심을 주문했다. 20분 뒤 넬리는 생선 수프와 튀긴 감자와 함께 구운 잉어를 가져왔다.
먹기 전에 남자는 넬리에게 읍사무소가 어디에 있냐고 물었다.
"여기서 집을 사고 싶어요?" 넬리가 물었다.
"아니요, 큰 걱정이 있어 왔어요."
남자가 대답했다.
넬리가 남자를 쳐다보았다.
"내 딸 욘카예요." 천천히 말했다.
"여기서 10km 떨어진 델레보 마을에서 왔어요.
일주일 전 내 사위이자, 딸의 남편 네이코가 고기 잡으러 배 타고 나가 돌아오지 않았어요.
일주일 내내 무슨 일이 일어났는지 몰라요. 경찰에 실종을 알렸지만 이미 많은 날 아무 소식도 없어요. 찾고 있다는 말만 해요. 딸은 울음을 그치지 않아요. 그래서 둘이서 찾으러 나섰어요. 정말로 강에 빠진 것 같아요. 강물이 강가로 데리고 올 거예요.
아마 누군가 사위나 배를 볼 거예요. 우리는 마을마다 돌아다니며 사람들에게 물었지만, 지금까지 누구도 본 사람이 없어요. 욘카는 아직 네이코가 살아서 아마도 어느 병원에 있을 거라고 희망해요." 남자는 조용해지더니 세게 기침하기 시작했다. 기침 소리는 심하고 천둥 치듯 했다. 손은 크고 굳은살이 박였고 얼굴은 말린 자두처럼 주름지고 눈은 매끄러운 강의 조약돌과 같다.
정말 65살 정도라 아직 고기잡이라고 베린은 짐작했다. 딸은 아마 30살 정도로 아름다운 여자지만 걱정 때문에 얼굴은 창백하고 올리브 같은 검은 눈 둘레는 분명 계속 울어서 어두운 그림자가 보인다. 지금도 똑같이 울자 아빠는 딸에게 말했다.
"울지 마라. 욘케. 여기 사람들이 뭔가를 안다면 반드시 말해 줄 거야."
남자는 보네, 밀레, 베린이 앉아있는 탁자로 몸을 돌리며 말했다.
"선생님들. 우연히 강에 빠진 남자에 대해 무언가를 알게 되면 마을 경찰에게 알려주세요."
다시 딸을 보고 딸을 안정시켰다.
"울지 마라. 욘케. 울지 마."
그러나 딸은 마치 듣지 않은 듯했다. 조용히 울어 따뜻한 눈물이 올리브 닮은 아름다운 눈에서 작은 강물처럼 흐른다.
얼마 뒤에 아빠와 딸은 점심값을 지급하고 일어서서 ‘안녕히 계세요’ 말하고 떠났다. 베린은 그들 뒤를 쳐다보며 아직 젊은 여자의 눈물에 가득한 눈을 보는 듯했다.
‘무슨 일이지?’ 베린은 궁금했다.
분명 남자가 강에 빠졌다.
정말로 이제는 배가 필요하지 않지.
1시간 뒤 집으로 돌아왔다.
무언가를 하러 다음날 고기잡이를 위해 던지는 그물을 준비하려 했으나 준비를 계속할 마음이 없었다. 앞에 계속해서 울고 있는 젊은 여자의 눈이 보였다.
밤에 베린은 매우 잠자리를 설쳤다.
몇 번 깼다가 뒤에 다시 잠들었지만 잠은 긴장되고 악몽이다. 흉몽을 꾸었다.
베린이 강가에 있다. 배를 숨긴 수풀에 갔다.
거기서 배를 찾지 못하고 갑자기 젊은 남자의 시체를 보았다.
남자는 땅 위에 움직이지 않고 누워있다. 유리 같은 눈은 크게 떠 있다.
강이 몸을 씻어낸다.
베린은 땀 흘리며 떨면서 깨어났다.
아침까지 잠들지 못했다.
해가 떠오르자 침대에서 일어나 서둘러 아침밥을 먹고 가죽 웃옷을 입고 떠났다.

'나는 다른 사람의 배는 필요하지 않아.'
베린은 혼잣말했다.
'내가 배를 발견했다고 불쌍한 사람들에게 말할 거야.' 베린은 델레보 마을로 갔다.
배를 찾았다고 말하려고 그쪽으로 서둘렀다.

달콤한 소리의 두 개 종

며칠 동안 소리 없이 눈이 내렸다. 높은 소나무들은 하얀 덮개를 썼다. 이미 일주일 내내 스타마트 아저씨는 산장 '튤립'에서 손님 접대를 하고 있다. 여기 방은 따뜻하다. 난로는 기관차처럼 소리를 낸다.
소나무와 약초 차 냄새가 난다.
스타마트 아저씨와 나는 탁자에 앉아 대화했다. 우리의 이야기는 끝이 없다.
밤에는 춥고 바람은 배고픈 승냥이처럼 울고 눈은 길과 오솔길을 덮었다.
아저씨는 홀아비다.
부인 도나 아줌마는 2년 전에 죽었다.
60살의 스타마트 아저씨는 큰 얼굴, 우유처럼 하얀 머리카락, 밝은 푸른색의 맑은 눈을 가지고 있다. 아주 매력적으로 말한다. 산에 대해 잘 알고 여름에도 겨울에도 여러 번 산에 다녔다. 스타마트 아저씨는 삼림 원이었으나 뒤에 산장 '튤립'의 주인이 되었다.
"내가 처음 여기 왔을 때 산장은 거의 부서졌지. 다시 짓기 시작했어."
스타마트 아저씨가 이야기했다.
"조금씩 일이 나아갔지. 나는 창과 문을 사고 이곳으로 날랐어.
내가 벽을 칠해 여기 지금 선장은 아름답고 젊은

여성을 닮았어.
난간 위에 작은 불꽃처럼 붉은 제라늄이 있는 화분을 두었지.
산장 앞에는 화단을 만들었어. 재건축은 아직 끝나지 않았어."
어느 아침에 선장에 여자가 나타났다.
나는 바깥 화단에 있었다.
여자는 조용히 내 앞에 섰다.
내가 쳐다보았지만, 조용히 아무 말도 안 했다.
내가 물었다. "산으로 여행 왔나요? 아주머니."
여자가 대답했다. "아니요. 도망 왔어요."
"무엇으로부터 도망 왔나요?"
"남편에게서요." 여자가 말했다.
"여기서 머물도록 허락해 주시면 정말 감사하겠습니다."
여자를 보면서 무엇이라고 말할지 몰랐다.
아름다운 여자다. 정말로 황금 같은 금발에 벌꿀색깔의 눈, 눈처럼 흰 얼굴에 30살 정도였다.
산장으로 안내했다. "이쪽으로 오세요." 나는 말했다. "차를 마셔요."
여자는 들어와 외투를 벗고 탁자에 앉아 이야기를 시작했다.
카라야노브 마을 출신이라고 말했다.
이름은 도나다. 매우 젊어서 결혼했다.
남편은 카라야노브에서 가장 부자지만 자녀가 없었다. 결혼 잔치 뒤 5년, 10년이 지났다.

남편은 술을 많이 마시고 괴롭히기 시작했다.
가끔 말했다.
"당신이 내 인생을 망쳤어. 우리가 자녀가 없다고 모든 마을이 나를 놀려."
마침내 여자는 남자를 떠나기로 했다.
"제가 도울게요. 요리하고 산장을 돌보고 청소할게요." 여자가 말했다.
스타마트 아저씨는 이야기를 계속했다.
여자를 쳐다보았다. 불쌍하게 보였다.
여자는 아름답고 정말 예뻤다.
이렇게 아름다운 여자를 어떻게 괴롭힐 수 있을까?
정말 그것은 죄다. 마음이 편안하지 않았다. 남편이 와서 내가 아내를 유혹했다고 책임을 물을 것이라고 짐작했다. 그것은 물론 큰 문제다.
여자와 나는 탁자에 앉아있지만 나는 점점 걱정스럽다.
누가 산장으로 가까이 온다고 보였지만 바깥 숲은 조용하기만 했다.
저녁이 되고 어떻게 해야 할지, 나가라고 해야 할지 결정하지 못했다.
머리를 쓰니 머리가 지금 이 난로처럼 불이 났다.
밖은 점점 더 저녁이 되어갔다.
"배고픈가요?" 내가 여자에게 물었다.
여자는 고프지 않다고 말했지만, 콩국을 데웠다.
하나는 여자 하나는 내 것으로 두 개 접시에 국을

부었다. 빵을 주고 저녁을 먹기 시작했다.
여자는 배고프지 않다고 말했지만 마치 일주일 내내 아무것도 먹지 않은 듯 보였다.
나는 쳐다보았다. 벌꿀 색 눈이 나를 취하게 만들고 기적의 호수에 빠진 듯했다.
저녁을 먹고 말했다.
"당신은 방에서 자요. 나는 여기 식당에서 잘게요. 아침에 어떻게 할지 결정합시다."
여자는 방에 들어가고 나는 식당에 남았다.
저녁 내내 잠들지 못했다.
누가 와서 강압적으로 산장 문을 열려고 하는 것처럼 보였다.
문이 제대로 잠겼는지 보려고 문으로 여러 번 갔다.
사냥용 작은 총을 내 옆에 두었다. 조용히 여자가 자는 방에 들어갔다.
여자는 혼수상태에 빠진 듯 잤다.
정말 매우 지쳤다. 얼마나 많은 날 숲에서 헤맸는지 모른다.
창으로 몰래 들어온 달빛이 얼굴을 비춰서 자고 있어도 더욱 예뻤다.
얼굴은 흰 도자기처럼 하얗다. 방석 위의 머리카락이 작은 황금색 강을 닮았다.
죄 없이 순결한 어린아이처럼 잔다.
아침에 일어나서 방을 정리하고 산장 앞을 빗질했다.

나는 슬라비야노보 마을에 가야 한다고 말하고 나갔다. 그러나 슬라비야노보에 가지 않고 카라야노브 마을로 갔다. 여자가 누구인지, 이름이 도라인지, 남편이 괴롭히는지 알고 싶었다. 카로야노브에 좋은 친구, 전에 무관(武官)이었던 요르단이 있다. 요르단은 그 지역에서 가장 유명한 구리 종을 만들었다. 종이 소리 나는 것이 아니라 노래한다. 요르단은 종뿐만 아니라 포도주 구리 잔도 같이 만든다.

요르단의 집에 가니 문에서부터 요르단은 그렇게 오랜 시간 찾아오지 않는다고 나를 꾸중했다.

"거기 산에서 산장에 혼자 있으면 야만인이 될 거야. 곰이나 늑대가 너를 먹을 거야. 나중에는 너의 뼈조차도 찾을 수 없을 거야."

들으면서 나는 혼자 말했다.

'너는 내게 누가 왔는지 모른다. 곰이 아니라 암사슴이다. 아름다운 암사슴. 네가 그 여자를 본다면 아름다움 때문에 황홀해질 것이다.'

요르단과 나는 대화하기 시작했다. 뜨겁게 만드는 좋은 포도주로 내게 대접했다.

카라야노브에 있는 지인들에 관해 묻고 뒤에 키토브 가족의 이름을 언급했다.

요르단은 나를 쳐다보았다.

"하리잔 키토브는 너무 많이 술을 마셔 자주 술에 취했어."

요르단이 말했다.

"부인 도나가 집을 나갔어. 어디 갔는지 아무도 몰라."

나는 요르단과 헤어져 산장으로 돌아왔다.

산장으로 왔을 때 도나가 없으리라고 짐작했다. 그러나 여자는 떠나지 않고 점심을 차렸다. 우리는 점심 먹으러 탁자에 앉았고 도나가 물었다.

"슬라비야노보 마을에서 모든 일은 잘 하셨나요?"

"예." 대답했다.

나는 슬라비야노보 마을 읍사무소에 가서 읍장과 이야기했더니 산장을 다시 짓는 것을 끝내라고 읍장이 돈을 주기로 약속했다고 이야기하기 시작했다.

그러나 도나가 나를 이상하게 쳐다보더니 갑자기 물었다.

"나에 대해 모든 것을 아세요? 거짓말하지 않았다고 믿나요?"

놀랍고 부끄러워 말할 수도 없었다. 정말 도나는 내가 슬라비야노보 마을이 아니라 카라야노브 마을에 있었다고 짐작했다.

"예." 나는 고백했다. "카라야노브에 갔었어요."

"나는 그렇게 오랜 세월 남편과 왜 살았는지 이해하지 못해요." 도나는 울기 시작했다.

"결혼하면 사람들은 가족의 삶이 행복하길 희망합니다. 그러나." 여자가 말했다.

이런 대화 뒤 나와 도나는 함께 살았다.

우리 첫날밤은 결혼하는 밤 같았다.

도나의 몸은 내가 상상할 수 있는 가장 부드러운 몸이었다.
머리카락은 약초 냄새가 나고 팔은 사랑스럽게 나를 껴안았고 가슴은 두 개의 익은 마르멜루(유럽산 모과)를 닮았다. 아침에 해가 떠서 우리를 비출 때 우리는 함께 잔 것을 이미 알았다.
도나는 나를 찾아 먼 길을 돌아왔다. 일주일 뒤 이혼을 정리하려고 담당 지역 시청으로 갔다. 모든 일이 빠르게 지나갔다. 하리잔 키토브는 이혼에 동의했다.
내 친구 요르단과 아내 페나는 우리 결혼의 증인이다. 결혼 잔치는 여기 산장에서 있었다.
우리 친척과 친구들이 왔다. 우리는 두 마리 새끼양을 요리했다.
요르단은 포도주 작은 통을 가져왔다.
두 개의 커다란 구리 종을 선물하면서 말했다.
"혼자 있는 종은 노래하지 않아. 두 개가 같이 노래하라고 두 개의 종을 선물해. 구리 종의 노래보다 더 아름답고 더 감미로운 음색은 없어.
노랫소리는 급류처럼 흘러. 우연히 종의 하나가 조용해지면 다른 종이 계속해서 노래해."
"여기 두 개 구리 종이 있다."
그리고 스타마트 아저씨가 도나 아줌마 사진 아래 벽에 걸린 종을 보여주었다.
"내가 조금이라도 손대면 노래하지." 스타마트 아저씨가 손으로 종을 만지자 방에 감미로운 노래가 나오고 나는 마치 넓은 풀밭과 하얀 작은 구름을 닮은 양이 있는 양무리를 본 듯했다.
“도나는 노래를 잘 했어.” 스타마트 아저씨가 말했다.
“많은 노래를 알아. 가끔 산장의 난간에 서서 노래했지. 목소리가 종달새 무리처럼 나무와 산꼭대기 위 하늘로 높이 날아갔어.”
스타마트 아저씨는 창을 쳐다본다.
밖에는 이미 눈이 그쳤다.
방은 동화 같은 조용함에 잠겼다.
“스키를 가지고 카로야노브 마을로 가자.” 스타마트 아저씨가 말했다.
“산장에서 먹을 것을 사야 해.”
서둘러 옷을 입고 스키를 메고 카라야노브로 갔다.
눈 덮인 길은 푸른 깃발처럼 서 있는 높은 소나무 사이로 이어진다.
모든 것이 하얗다. 마치 세상이 막 태어나 커다란 흰 포대기에 싸인 듯했다.
1시간 뒤 카라야노브에 도착했다. 스타마트 아저씨는 먹을 것을 사고 나는 배낭에 넣을 수 있도록 도왔다. 이왕 여기까지 왔으니 스타마트 아저씨가 말했다.
“내 결혼 증인 요르단을 찾아가자.”
우리는 요르단의 집이 있는 강가로 갔다.
기쁘게 우리를 맞아주었다.

부인 페나 아주머니는 점심 먹으라고 초대했다.
“피곤하고 배고프니 먼저 점심부터 먹어야 해요.”
부인이 말했다.
요르단은 내게 말했다.
“지금까지 너는 우리 집에 손님으로 오지 않아 내 직업을 모르지. 들어와라. 내가 만든 것을 보여줄게.” 집 1층에 있는 방으로 들어갔다.
나는 놀라서 쳐다보았다.
벽에는 크고 작은 종들이 걸려 있다.
황금인 듯 빛난다.
나는 요르단을 쳐다보았다. 눈도 똑같이 빛났다.
종 가운데 하나에 가까이 가서 손을 댔다. 가락 있는 소리가 들렸다.
“혼자 있는 종은 노래하지 않아.” 요르단이 말했다.
가서 종을 차례대로 대기 시작했다. 나이팅게일의 노래처럼 가락이 큰 방에 울려 퍼진다.
종들은 여러 소리를 내며 노래했다. 그중 어떤 것은 부드럽고 다른 것은 낮다.
조금씩 종의 노래가 넓은 파도처럼 더욱 커졌다.
나는 이 노래 속에 빠져서 마치 날아갈 듯 가볍게 느꼈다.
나는 산 위로 날아간다. 내 밑에는 집, 마당, 걱정이 있다.
요르단은 계속해서 손으로 종을 어루만지며 되풀이했다.

"어느 종이 조용해지면 다른 것이 노래하기 시작하고 노랫소리가 온 세상을 가득 채운다."
기쁜 눈을 보고 목소리를 듣고 요르단이 스타마트 아저씨와 도나 아줌마에게 선물한 두 개의 종을 다시 기억했다. 도나 아주머니는 돌아가셨지만, 종은 남아 두 종은 산장 '튤립'에서 감미로운 소리로 노래할 것이다.

군인

습관적으로 토요일 오후에 헬레나, 다라 그리고 갈리나는 찻집 '소나무'에 갔다.
이 찻집이 마음에 들었다. 그것은 도시 바깥에 있고 가까이에 흐르는 강과 작은 호수가 있다. 봄과 여름에 찻집 탁자는 높은 소나무 아래 밖에 있다.
이번 토요일에 세 명의 친구들은 버스로 왔다.
찻집에 사람은 많지 않다.
탁자는 이미 밖에 놓여있어, 어린 여자아이들은 작은 호수 가까이에 있는 탁자에 앉았다.
오후의 햇볕은 얼굴을 어루만진다. 헬레나, 다라, 갈리나는 도시 고등교육원에서 공부하면서 거의 항상 같이 있다. 헬레나는 부모와 살고 있다.
다른 도시에서 온 다나와 갈리는 고등교육원 공동기숙사에서 산다.
아름답고 매력적인 어린 여자아이 헬레나는 갈색 머리카락에 마치 나뭇잎의 푸르름을 다시 비추는 듯한 눈을 가지고 있다. 다라는 금발에 파란 눈이고, 갈리나는 키 작고 검은 눈에 매우 매력 있게 보이는 긴 눈썹을 가졌다. 보통처럼 어린 여자아이들은 우유 있는 커피와 매우 맛있는 작은 빵을 주문했다.
찻집 탁자에는 자녀가 작은 호수에서 노는 몇 가정이 있다.
젊은 종업원 이반은 빠르게 탁자 사이를 다니며

주문받은 음료와 맛있는 것을 가져다주었다. 검은 바지, 하얀 와이셔츠, 공단으로 된 옷을 입었다. 헬레나, 다라, 갈리나는 이반을 좋아했다. 키 크고 짙은 머리카락에 청동색 얼굴, 어둡고 빛나는 눈은 인도 사람을 닮았다.
정말로 여자들 마음에 든다. 이반 역시 학생이다. 그러나 봄, 여름, 가을에 찻집에서 종업원으로 일한다. 5월의 낮에는 해가 나와 조금 따뜻하다.
헬레나, 다라, 갈리나는 남녀 선생님, 그들이 본 영화, 남녀 친구들에 관해 즐겁게 수다 떤다.
갑자기 찻집 가까이 작은 호수에서 군인이 큰 소리로 소리 지르기 시작했다.
“멀리 달려가세요. 곧 멀리 뛰어가세요.
호수 막는 장애물의 벽이 무너져 곧 물이 모든 것을 덮칩니다.”
처음에 찻집의 사람들은 젊은 군인이 미쳤거나 술 취했다고 생각하고 쳐다보기조차 않았다.
그러나 군인은 더 세게 소리쳤다.
“멀리 뛰어가세요. 물이 옵니다.”
거기 산 위에 큰 호수 막는 장애물이 있고, 전기를 생산하는 전기 본부가 있는데 아마 호수 막는 장애물의 벽이 무너졌다.
군인은 다시 소리쳤다.
모자도 없고 땀을 흘리며 얼굴은 토마토처럼 빨갛고 눈빛은 뜨겁다.
가쁘게 숨을 쉰다.

찻집에 있는 사람에게 경고하려고 아마 뛰어 왔다.
지금 모두 일어서서 뛰기 시작했다.
공포가 생겼다. 여자들은 소리치기 시작했다.
탁자는 넘어졌다. 유리잔은 부서졌다. 아이들은 울기 시작했다.
아버지는 자녀를 들고 뛰었다.
헬레나, 다라, 갈리나는 몇 초 동안 움직이지 않고 남았다.
"위로 달려라. 산비탈로." 군인이 소리 질렀다.
세 명이 여자아이는 산비탈로 달렸다.
헬레나는 큰 호수 막는 장애물의 벽이 무너졌다고 믿고 싶지 않았다.
그런 일이 생겼다면 곧 물은 찻집뿐만 아니라 둘레 모두에 범람할 것이다.
찻집 '소나무'는 찻길과 강 사이 산 사이에 있다. 산 사이는 길고 작은 복도를 닮아 거대한 파도처럼 물이 밀려올 것이다.
크게 무서워진 헬레나는 산비탈로 기어올랐다.
'그렇게 아름다운 5월 오후에 그 일이 일어나야 할까? 다라와 갈리나는 어디에 있지?'
함께 산비탈로 뛰어갔는데 지금은 헬레나 혼자다.
용기를 내 보려고 했지만, 힘은 빠르게 다 써 버려지고 몸은 거대한 돌처럼 무거워졌다.
헬레나는 넘어지고, 떨어지고, 산비탈 위에서 미끄러졌다.

돌을 손으로 쳐서 날카로운 아픔을 느꼈다. 이미 희망은 없다.

곧 물이 올 것이고 그 속에 잠길 것이다.

이 순간에 하얀 힘센 손이 헬레나의 손을 잡고 일어서도록 도와줬다.

“서둘러!” 헬레나는 들었다.

눈을 뜨고 군인을 보았다.

군인이 헬레나를 위로 끌어 올렸다.

“걸어갈 수 없어요.” 헬레나가 울기 시작했다.

“아직 조금 더.” 군인이 소리쳤다.

“아직 조금 더 가라.”

헬레나의 오른쪽 신발이 떨어졌다.

가시 수풀이 옷을 찢었다.

군인이 헬레나의 손을 세게 잡고 끄는 견인 자동차처럼 위로 당겼다.

헬레나는 힘겹게 숨을 쉬었다. 두려움이 몸을 마비시켰다.

세게 잡아당기는 모르는 군인인지, 곧 모든 것을 범람시킬 물의 파도인지, 무엇이 더 두려운지 확신할 수 없다.

“아직 조금 더.” 다시 군인이 말했다.

군인도 똑같이 무겁게 숨을 쉬는데 뜨거운 눈은 파란 작은 전구를 닮았다.

매우 애를 쓰면서 둘은 아직 몇 미터 더 가서 높은 소나무 옆으로 넘어졌다.

“잘했어요.” 군인이 말했다.

"우리는 충분히 이미 멀리 왔어요."
나는 감히 쳐다보지도 못했다. 자신이 무섭게 보였다. 외투는 찢어졌다.
오른쪽 신발은 없어졌다. 아래에서 무서운 천둥소리가 들렸다.
물살이 세게 흘렀다. 거대한 파도가 모든 것을 덮었다.
큰 강이 나무, 차, 아마 사람까지 덮었다.
지금까지 이런 무서운 것을 보지 못했다.
거의 기절할 뻔했다.
본능적으로 군인의 손을 잡았다.
둘은 놀란 채, 아래 있는 모든 것을 때려 부수는 물의 지옥을 바라보았다.
아마 두 시간이 지났다. 파도는 점차 잦아졌다.
도시로 흐르고 있는데 거기는 무슨 일이 있을까?
멀리서 외치는 소리와 우는 소리가 들렸다.
헬레나는 그곳의 무서운 것, 공포를 상상할 수 없다.
저녁이 되었다. 둘은 도시로 갔다. 엘레나는 걱정스럽게 부모와 자매에 대해 생각했다.
그들은 이 물난리를 겪었을까?
헬레나의 집은 도시 가운데 있다.
물은 집에도 해를 끼쳤을까?
헬레나는 다른 신을 들어 던져 버리고 맨발로 걸어갔다.
날카로운 작은 돌이 발을 상하게 했다.

팔도 고통스럽다.
찻길은 진흙으로 덮였다. 모든 곳에서 돌, 무너진 나무, 뒤집힌 차들을 볼 수 있다.
무섭다. 둘은 헬레나 집에 가까이 갔다.
길에서 방안에 불빛이 있는 것을 보고 조금 편안해졌다.
헬레나는 마당의 문 앞에 섰다.
“저는 여기에 살아요.” 헬레나가 말했다.
헬레나는 군인을 껴안고 뽀뽀했다.
“감사합니다.” 헬레나가 말했다.
“잘 가요.” 군인이 말했다.
헬레나는 문을 열고 마당으로 들어갔다.
무서운 물난리 뒤 일주일이 지났다.
도시에서 많은 사람이 죽었다.
낮은 지대에 사는 사람들은 가장 많이 고통스럽다. 죽은 사람 중에는 나이든 부부와 어린아이가 있다. 계속해서 찻집 ‘소나무’ 가까운 지역에서 울음과 탄식 소리가 났다.
갈리나와 젊은 종업원 이반은 물에 빠져 죽었다.
도망가는 데 성공하지 못했다. 정말 이반은 매우 힘이 세다.
그러나 누군가가 이반이 늙은 아주머니를 도우려고 했다고 언급했다.
몇 날이 지났다. 여름이 왔다.
찻길은 깨끗이 치웠다.
찻집 ‘소나무’는 다시 문을 열었다.

지금 탁자와 의자는 새것이다.
찻집은 완전히 다르게 보이고 이제는 예전 같은 낭만적 분위기가 없다.
훨씬 적게 사람들이 온다.
이미 몇 달 전부터 헬레나는 구해 준 군인을 찾았다.
어디에도 보이지 않았다.
갑자기 어느 길거리에서 보기를 희망했다.
얼굴과 손가락은 마치 헬레나의 기억에 봉해진 것 같다.
밤에 꿈을 꾸었다. 악몽이었다.
크고 무서운 강. 헬레나는 강 안에 있다.
멀리서 강가에 군인이 서 있다.
헬레나는 소리치며 팔을 뻗었지만, 군인은 듣지 않고 보지도 않았다.
강은 미친 듯이 흐르고, 소리 내고, 천둥 친다.
땀이 차서 두려워서 깼다.
정말 침대에 있다. 다시는 잘 수 없었다.
마치 다시 군인, 푸른 눈, 토마토처럼 빨간 얼굴을 본 듯했다.
헬레나는 이미 언젠가 다시 만나리라는 희망을 버렸다.
6년이 지났다. 여름 오후에 헬레나와 남편. 5살 된 딸이 찻집 '소나무'에 왔다.
탁자에 앉아 우유 가진 커피를 주문했다. 그러나 여기에 이미 맛있는 작은 빵은 없다.

딸 베라는 작은 호수에서 논다.
찻길로 가는 통로 가까이에 작은 소나무가 있다.
헬레나는 친구 다라가 이반을 기념해 심었다는 것을 안다.
다라는 이미 어린이집 교사이고, 2년 전에 학생들과 함께 여기 와서 작은 소나무를 심었다. 다라가 이반을 사랑했다고 헬레나는 자신에게 말했다.
찻집 옆 산비탈 위에는 많은 수풀이 자란다.
헬레나는 다시 군인을 기억했다.
이름도 알지 못했다.
그때 이름이 무엇이냐고 묻지 않았다.
나는 결코 군인에 대해 남편에게 언급하지 않았다.
범람했을 때 헬레나의 남편을 이 도시에 살지 않았다.
때때로 헬레나는 스스로 물어본다.
군인은 지금 어디에 있으면 무슨 일이 있었을까?

도라 이모

거주지의 모든 사람은 도라 이모를 안다.
이모는 멀리서 보면 커다란 해바라기 같이 보이도록 노랗게 칠해진 작은 단층집에서 산다.
꽃을 좋아하여 집 마당에는 장미, 튤립, 히아신스, 패랭이꽃이 가득하다.
가끔 이웃집 여자를 초청한다. 친절하고 잘 도와준다.
봄, 여름, 가을에 마당으로 이웃 여자들이 모인다.
포도나무 정자 아래 오래된 나무 탁자에 앉아 수다 떨고 커피를 마셨다.
도라 이모는 특별한 재능을 가졌다.
커피잔에서 형태를 알아맞히고 그에 따라 사람의 앞날을 점친다.
많은 젊은 여자들이 와서 앞날을 점쳐 달라고 요청했다.
친절하게 만나고 향기 나는 커피를 타서 마시고 나중에는 앞날의 삶에 대해 무슨 일이 일어날지 점을 친다.
사랑스럽고 매력이 넘치는 도라 이모는 흰머리에 따뜻한 밤 같은 눈을 가졌다.
어느 알려진 동화에 나오는 마술사를 닮았다.
커피잔을 쳐다보면서 젊은 여자에게 무슨 일이 일어날지 운명이 어떨지 조용하게 말했다.
주의해서 듣고 나중에 그들에게 일어났던 모든 것

을 점쳤다고 기쁘게 말했다.
한 번은 울면서 젊은 여자가 왔다.
아름답고 긴 갈색 머리카락에 벚꽃 같은 눈을 가졌다.
도라 이모는 곧 커피를 타고 마시려고 탁자에 같이 앉았다.
뒤에 커피잔을 잡고 말하기 시작했다.
젊은 여자가 가려고 일어설 때는 이미 울지 않고 더 편안하게 보였다.
2주 뒤 여자는 다시 왔다.
지금 커다란 장미 꽃다발을 가지고 와 도라 이모에게 선물했다.
여자의 눈은 기뻐서 행복하게 빛났다.
도라 이모에게 여자가 말했다.
"점친 대로 모든 것이 일어났어요. 남편은 돌아오고 지금 우리는 다시 같이 있어요."
"건강하고 모든 삶을 함께하세요." 도라 이모가 말했다.
젊은 여자가 떠났을 때 나는 젊은 여자의 남편이 돌아올지 어떻게 미리 볼 수 있냐고 물었다.
"나는 아무것도 미리 보지 않았어. 단지 희망을 줬지. 희망 없이 산다는 것은 정말 불가능해."

저자에 대하여

율리안 모데스트는 불가리아의 소피아에서 태어났다. 1973년 에스페란토를 배우기 시작하여 대학에서 잡지 '불가리아 에스페란토사용자'에 에스페란토 기사와 시를 게재했다.
1977년부터 1985년까지 부다페스트에서 살면서 헝가리 에스페란토사용자와 결혼했다. 첫 번째 에스페란토 단편 소설을 그곳에서 출간했다. 부다페스트에서 단편 소설, 리뷰 및 기사를 통해 다양한 에스페란토 잡지에 적극적으로 기고했다. 그곳에서 그는 헝가리 젊은 작가 협회의 회원이었다.
1986년부터 1992년까지 소피아의 '성 클리멘트 오리드스키'대학에서 에스페란토 강사로 재직하면서 언어, 원작 에스페란토 문학 및 에스페란토 운동의 역사를 가르쳤고. 1985년부터 1988년까지 불가리아 에스페란토 협회 출판사의 편집장을 역임했다.
1992년부터 1993년까지 불가리아 에스페란토 협회 회장을 지냈다. 불가리아에서 가장 유명한 작가 중 한 명이며 불가리아 작가 협회와 에스페란토 PEN 클럽회원이다.

율리안 모데스트의 작품들

-우리는 살 것이다!-리디아 자멘호프에 대한 기록 드라마
-황금의 포세이돈-소설
-5월 비-소설
-브라운 박사는 우리 안에 산다-드라마
-신비한 빛-단편 소설
-문학 수필-수필
-바다별-단편 소설
-꿈에서 방황-짧은 이야기
-세기의 발명-코미디
-문학 고백-수필
-닫힌 껍질-단편 소설
-아름다운 꿈-짧은 이야기
-과거로부터 온 남자-짧은 이야기
-상어와 춤추기-단편 소설
-수수께끼의 보물-청소년을 위한 소설
-살인 경고-추리 소설
-공원에서의 살인-추리 소설
-고요한 아침-추리 소설
-사랑과 증오-추리 소설
-꿈의 사냥꾼-단편 소설
-살인자를 찾지 마라-추리 소설
-내 목소리를 잊지 마세요-애정 소설

번역자의 말

오태영(Mateno, 평생 회원)

이 책을 손에 들고 읽어내려가는 분들께 감사드립니다. 흡족하고 좋은 만족한 만남이 되길 바라는 마음입니다.
80년대 대학에서 최루탄을 맞으며 평화에 대해 고민한 나에게 찾아온 희망의 소리는 에스페란토였습니다.
피부와 언어가 다른 사람 사이의 갈등을 풀고 서로 평등하게 의사소통하며 행복을 추구하는 새로운 이상에 기뻐하며 공부하였습니다.
세월이 흘러 직장을 은퇴하고 에스페란토 원작 소설을 읽으며 즐거움을 누리다가 초보자를 위해 한글 번역이 있으면 좋겠다는 마음으로 번역을 시작했습니다.
한글 번역을 참고해 원작을 읽으면서 에스페란토 실력을 향상했으면 하는 바람입니다.
흔쾌히 번역과 출판을 허락해주신 출판사와 저자에게 감사말씀 드립니다.
번역이 절대 쉽지 않다는 사실을 절실하게 깨달으면서도 그만둘 수 없는 것은 씨를 뿌려야 열매가 나오기 때문입니다.
이 책을 읽으며 더 훌륭한 번역가가 나와 우리 문학의 지평을 확장해 주길 바랍니다.

꿈의 사냥꾼

인　쇄 : 2021년 4월 15일 초판 1쇄
발　행 : 2021년 5월 10일　　　2쇄
지은이 : 율리안 모데스트
옮긴이 : 오태영
펴낸이 : 오태영
출판사 : 진달래
신고 번호 : 제25100-2020-000085호
신고 일자 : 2020.10.29
주　소 : 서울시 구로구 부일로 985, 101호
전　화 : 02-2688-1561
팩　스 : 0504-200-1561
이메일 : 5morning@naver.com
인쇄소 : TECH D & P(마포구)

값 : 10,000원
ISBN : 979-11-91643-00-8